中华聚珍
文学丛书

# 李贺诗今译

〔唐〕李贺 著

刘斯翰 译注

中华书局

图书在版编目(CIP)数据

李贺诗今译/(唐)李贺著;刘斯翰译注. —北京:中华书局,
2019.6
(中华聚珍文学丛书)
ISBN 978-7-101-13447-6

Ⅰ.李…　Ⅱ.①李…②刘…　Ⅲ.①唐诗–选集②唐诗–译文
Ⅳ.I222.742

中国版本图书馆 CIP 数据核字(2018)第 215231 号

---

| | |
|---|---|
| 书　　名 | 李贺诗今译 |
| 著　　者 | 〔唐〕李　贺 |
| 译 注 者 | 刘斯翰 |
| 丛 书 名 | 中华聚珍文学丛书 |
| 责任编辑 | 李保民 |
| 出版发行 | 中华书局 |

(北京市丰台区太平桥西里 38 号　100073)
http://www.zhbc.com.cn
E-mail:zhbc@zhbc.com.cn

| | |
|---|---|
| 印　　刷 | 北京瑞古冠中印刷厂 |
| 版　　次 | 2019 年 6 月北京第 1 版 |
| | 2019 年 6 月北京第 1 次印刷 |
| 规　　格 | 开本/880×1230 毫米　1/32 |
| | 印张 6⅞　插页 2　字数 120 千字 |
| 印　　数 | 1-5000 册 |
| 国际书号 | ISBN 978-7-101-13447-6 |
| 定　　价 | 25.00 元 |

# 导　读

摆在读者面前的这本小集子，是活在距今一千二百多年前的一位青年诗人李贺的诗。这位诗人只活了二十七岁，他的生命却是不朽的。这本小集子的出版，即是一个小小的明证。

在一千二百多年前，是中国历史上的中唐时代。那是唐代诗歌在艺术上深入发展的时代。许多著名诗人，如元（稹）白（居易）、韩（愈）孟（郊）、韦（应物）柳（宗元）、贾（岛）姚（合），以及刘禹锡、杜牧，随后还有李商隐、温庭筠等竞起争鸣。李贺少年时，传闻即以"长短之歌名动京师"（王定保《唐摭言》卷十），纵恣于其间。他的出现有如奔星长彗，引起诗坛的震动与瞩目。韩愈推许在前，杜牧、李商隐揄扬在后，这些时代相同或相近的著名诗人的大力肯定，说明李贺的创作确实不同凡响。今天，我们倘若把全体古代诗人们在二十七岁以前的作品拿来，举行一次评选，那么，毫无疑义的，桂冠将会落在李贺的头上。天才诗人的称号，他真可以当之而无愧。

下面，我们就诗人的生平和创作，先向读者做一介绍。

## 一

李贺（790—816），唐宗室郑王的后裔。父李晋肃，曾在边塞上当一个小官,去世很早。家中有母亲和一个弟弟,据说还有一个姐姐,嫁在王家。李贺名义上出身贵族,号为"皇孙",实际早已门庭破落。

诗人整个少年时代大抵都是在洛阳附近的昌谷老家度过的。到十七岁时,他辞家出外,漫游赵地,冀有所遇,历三年,失望而返。有诗云"不谒承明庐,老作平原客。四时别家庙,三年去乡国。旅歌屡弹铗,归问时裂帛"(《客游》),记述了这一段漫游生活。①当诗人回到洛阳时,却有一桩意外的喜事正等待着他。大文豪韩愈和洛阳名士皇甫湜登门来拜访!这是一种荣耀,使诗人又是得意,又是兴奋。他挥笔直书道:"庞眉书客感秋蓬,谁知死草生华风。我今垂翅附冥鸿,他日不羞蛇作龙。"(《高轩过》)韩愈、皇甫湜二公是慕李贺的诗才而来的。在他们赞助下,李贺重整旗鼓,满怀希望赴长安应进士举。然而,"东关酸风射眸子",京城长安迎接诗人的不过是阵阵兜头的冷风——一些嫉妒者散播流言,说李贺父亲名晋肃,以名讳论,李贺不该应进士试。尽管韩愈亲自写《讳辩》一文,替诗人公开辩护,他终于还是被摈于名场之外。

其后,李贺居留长安,当一名奉礼郎的卑微小官。"家门厚重意,望我饱饥腹"(《题归梦》),诗人索米王门,实为生活所逼,很不得已。在这一段时期,诗人的诗歌才华受到广泛的称誉。他写的数十首新乐府流播管弦,倾动都下,王孙公子们争相邀请他参加宴会。"相如家上生秋柏,三秦谁是言情客?蛾鬟醉眼拜诸宗,为谒皇孙请曹植。"(《许公子郑姬歌》)诗人当日的盛名,于此可见一斑。但是,这一切丝毫没有帮助诗人仕途上的升迁。煊赫的诗名,盛唐时曾使李白得以平步青云;到了中唐,却只能使诗人在贵族们的筵宴上做一名助兴的陪客而已。一面是奉礼郎那种婢妾般被人颐指气使的职务,一面是京华中"金家香巷千轮鸣,扬雄秋室无俗声"(《绿章封事》),这种披褐潦倒与富贵逼人的强烈对比,使诗人日益陷在痛苦和失望之中。在长安过了三年,李贺终于决然辞官东归。

此后,诗人在家乡过着隐居生活。二十七岁这年,病逝家中。李贺曾经娶亲,但夫人先他病逝,没有遗下子息。② 在诗人逝世十五年后,杜牧谈到其家中情况时说:"贺复无家室子弟得以给养恤问。"那情形是十分苍凉的了。

李贺短短的一生,与中唐社会许多贫苦知识分子一样:挣扎于下僚,困踬于生活,最后默默地死去。然而,这是作为一个贫苦读书人的李贺,仅是李贺微不足道的一面。至于作为一个诗人的李贺,他却是杰出的天才、不朽的歌手!在短暂的二十七年里,他用自己的整个生命来歌唱,创作了大量的诗歌。他其实是生活在诗歌创作之中的,李商隐曾经写下这样的描述:

每旦日出与诸公游,未尝得题然后为诗……恒从小奚奴,骑距驴,背一古破锦囊。遇有所得,即书投囊中。及暮归，太夫人使婢受囊出之。见所书多，辄曰："是儿要当呕出心始已耳。"上灯与食，长吉从婢取书，研墨叠纸足成之，投他囊中。非大醉及吊丧日，率如此。（《李贺小传》）

诗人日常之精勤与用心之专就是这样。临终之时，他留下亲自删定的诗歌二百三十三首。他把自己的生命在这些美丽的诗歌中保存着，一直保存到今天。

二

李贺的诗，在我国诗歌几千年的历史上是一个颇有点儿神秘的存在。它那想象的离奇荒诞，意境的阴森诡谲，形象的纷纷总总，造句的险拗奇崛，犹如一枝色彩稀有、形态独特的鲜花，吸引着人们观赏，激起人们的惊叹。李贺的诗，又是一个青年人在独自选择的山路上摸索前进的记录。他的部分诗歌词意晦涩，多堆砌典故辞藻，不无形式主义的倾向。如杜牧早已指出过的，比之楚骚"理虽不及，辞或过之"。尽管如此，诗人那个时代的面影仍然曲曲折折地反映在这二百余首诗歌中。诗人的正义和热情，也时时同电光石火般的诗句一齐迸闪而出。

李贺的诗，从内容来划分，大约可分为这么四类：神怪诗、讽喻诗、抒情诗及其他。

神怪诗,以描写鬼神怪异为题。这一类作品数量不算多,大约十来首。然而它们却占据重要的位置。李贺最著名的诗作中,一半以上是属于这一类的。后世诗评家称李贺为"鬼才",称李贺诗为"鬼仙之辞",其源盖亦出于此。我们竟可以说,这一类诗是李贺诗中具有代表性的部分。这里,我们挑选几首最著名的来看一看:

《金铜仙人辞汉歌》。这首诗的内容,如诗序介绍,本来是一件史实。李贺抓住其中带有传奇色彩的铜人下泪的细节,创作了这首诗。他从铜人眼中所见、心中所感的全新的角度,来重述那件史实,结果创造了一阕脍炙人口的神话诗,不但极为生动地再现了史实,并且使其中含蕴着的兴亡之感获得浓烈的抒发——"天若有情天亦老",这千古名句至今为人所引用。

《苏小小墓》。此诗本是写一片墓地景色以及诗人凭吊之情的。但是当诗人异想天开地唤出一个美丽的精灵在其间活动之时,这死气沉沉的墓地就蓦然平添了种种幻觉,墓地上的一草一木,一风泉一磷影,都跃跃欲生(是精灵的"生")。诗人把可爱的与可怖的径直糅合在一块儿,那撼动人的力量,决不是一幅客观景物的描写能够相比拟的。

《秋来》。这是诗人为同自己一样贫苦不遇的知识分子鸣不平的抒情之作。"桐风惊心壮士苦,衰灯络纬啼寒素",环境的凄凉已具有强烈的抒情气氛。而"雨冷香魂吊书客"——在诗的后半段中诗人更引入神怪,"秋坟鬼唱鲍家诗,恨血千年土中碧"。这是何等惊心动魄的情景啊!神怪的运用大大增强了诗人悲愤欲绝之心情的表现力量。它的传诵千载不是偶然的。

《老夫采玉歌》。这是一首揭露采玉工人悲惨命运的诗。诗人的同情是深厚的,诗人的谴责是激烈的。然而诗人的艺术手法却是神怪的:"老夫饥寒龙为愁"、"杜鹃口血老夫泪",神怪,而益见深厚;"蓝溪之水厌生人,身死千年恨溪水",神怪,而益见激烈。这是很高明的浪漫主义手法!

李贺的神怪诗,继承《楚辞》的浪漫主义而产生。我们由上面数例可见,诗人的继承决不是皮毛的仿效,不仅仅是字句上的撷取。在那《山鬼》《招魂》式的"鲸呿鳌掷、牛鬼蛇神"后面,包含着深刻的艺术理解。李贺的神怪诗,是把《楚辞》之浪漫主义与唐诗之圆熟技巧相结合的一个最成功的范例。

讽喻诗,以唐代现实中的社会矛盾作为素材,而以古乐府和新乐府的形式出之。这类诗在李贺的作品里占了将近一半篇幅,又是其中较富思想性的一部分。诗人充分运用比兴和歌谣的手法,巧妙地讽刺丑恶,热情地讴歌美好,激越地指斥不平。这些诗,兼有民歌的清新明快、形象生动和格律诗的锤炼精粹、针线缜密,结合两方面的优点,在唐代乐府诗中独树一帜。但是,由于诗人年纪轻、阅历浅,加之对艺术形式稍嫌刻意追求,这些诗比起同时代诗人白居易的《新乐府》《秦中吟》等著名的讽喻诗，就显得肤浅、含糊和无力。尽管如此，诗人的爱憎是分明的，他对统治阶级腐败的讥刺和对人民疾苦的同情，在在都坚持了乐府民歌反映现实、针砭时弊的优良传统。兹举数例，并略加分析：

《官街鼓》。这首诗借咏官街鼓为题，毫不客气地痛斥了唐宪宗服食求仙的愚妄。诗人指出"从君翠发芦花色"——人由少年到老年的发展规律是不可抗御的。更进一步说："几回天上葬神仙"——甚至天上仙人也逃脱不了死亡的命运。这种彻底的否定，对妄求长生不死的人真是当头棒喝。在方士炼丹正大行其道的当时，这实在是异常清醒和勇敢的。讽刺"好方士，求神仙"是李贺讽喻诗中一个重要的内容。从《仙人》的"书报桃花春"到《神弦》的"神嗔神喜师更颜"，诗人的抨击可说是不遗余力。在中唐，"神仙"已经成了统治阶层腐败的象征，"鬼魂"实在是广大人民痛苦现实的缩影。李贺则是第一个赋予这两者以象征意味的浪漫主义诗人。

《牡丹种曲》。这是讽刺长安的"牡丹热"的。揭露统治者们的骄奢淫逸，是李贺讽喻诗的另一个重要内容。白居易有一篇名作《买花》，写的也是长安的"牡丹热"。把二者作一比较是颇有意思的。《买花》运用夹叙夹议的手法，在写出"家家习为俗，人人迷不悟"的"牡丹热"之后，诗人尖锐地指出："一丛深色花，十户中人赋！"写诗的目的很明白，手法朴实通俗，充分体现了乐府诗的特点。

《牡丹种曲》则从头至尾都在描述：一连串优美生动的形象，如同电影里不同距离、不同角度的镜头，使人应接不暇。诗人的目的是可以意会的，即在于讽刺。然而这讽刺并不明确，也不很尖锐。过分地注重美，因而削弱了讽刺的力量。这正是李贺的讽喻诗的特点，同时，也可以说是它的弱点。

《梁公子》。这首贵公子索赠的诗，却藏着诗人的机智。它将严谨的章法与朴素的造句相结合，既富于民歌的明快，又不乏格律诗的洗炼，以典故写景而不着用典的痕迹，恭维之中又含蓄着讽刺，达到了一种相当高超的艺术境界。想来那位梁公子得到此诗一定洋洋自得，而不会觉察其中深沉的讽刺意味的罢！李贺的五言诗，是融合汉魏六朝的乐府民歌与唐代五言律诗而成的。这类作品兼有形象丰富、讽刺含蓄、格调优雅的特点。

李贺诗，体兼风（乐府民歌）骚，别裁唐格。以上两大类，内容上以继承为主，形式上以出新为主，故较为成熟，完美之作亦较多，是李贺诗的精华所在。

抒情诗，绝大多数都是抒发没有出路的苦恼，而显得较为单调和悲凉。如果不是青春的活力逼射出顽强的渴望之光，事实上有时就变得可怕（如《伤心行》）。然而它们不是颓废的。好比是荒野的狼嗥，虽则单调，虽则悲凉，但时时显露出野性的力量。试看，"衣如飞鹑马如狗，临歧击剑生铜吼"，"壶中唤天云不开"，"世上英雄本无主"，这是多么兀傲的反叛精神！如果说，在长安应试时期，诗人还抱着"欲雕小说干天官，宗孙不调为谁怜"的幻想的话，那么，经历过长安的三年仕宦生活之后，这个幻想就彻底地破灭了。在隐居最后几年写的《南园十三首》中，诗人发出"请君暂上凌烟阁，若个书生万户侯"的质问，即可窥见他对于追求出路的绝望。然而，与此同时，诗人却更坚定地走自己选择好的道路——"寻章摘句老雕虫"——把毕生精力和心血献给诗歌艺术。"舍南有竹堪书字，老去溪头作钓翁。"诗人一生的最后时刻，他的志尚愈加坚定不移了。清人龚自珍写过一首诗："荒村有客抱虫鱼，万一谈经引到渠。终胜秋磷亡姓氏，沙涡门外五尚书。"他总结了这么一条社会规律：一个对人民有所贡献的人，不管他多么微不足道，终究要比那些只会作威作福的统治者在历史上更为大家所记念。李贺，就是其中的一人。

李贺的抒情诗名作不多，但其中《开愁歌》《浩歌》《长歌续短歌》《莫种树》等，都是相当出色的。

其他还有一部分诗，主要是酒席歌筵上的应景之作，其内容离不开饮宴、歌妓一类的描写，典型的作品如《许公子郑姬歌》《花游曲》。这类诗一般都显得情调庸俗，格调不高，流于"齐梁体"的艳冶萎靡一路。一部分咏人诗、咏物诗，思想性不强，但设想奇丽，炼字精警，风格独特，有如音乐家的即兴练习曲、画家的写生素描，别有一种艺

导<br>读

九

术上的特殊价值。《李凭箜篌引》《春坊正字剑子歌》《唐儿歌》《杨生青花紫石砚歌》《还自会稽歌》等，均是此中佳构。

三

最后来谈谈李贺诗的选编及注释情况。

李贺诗篇，在唐代诸名家中所存不算太少，而且质量甚高。这是诗集曾经李贺本人亲自删定的缘故。从杜牧作的序中知道，李贺诗能够如此完整地保存其精华，实在是一件偶然的幸事：

太和五年十月中，半夜时，舍外有疾呼传缄书者。牧曰："必有异。"亟取火来，及发之，果集贤学士沈公子明书一通，曰："我亡友李贺，元和中义爱甚厚，日夕相与起居饮食。贺且死，尝授我平生所著歌诗，离为四编，凡二百三十三首。数年来东西南北，良为已失去。今夕醉解，不复得寐，即阅理箧帙，忽得贺诗前所授我者。思理往事，凡与贺话言嬉游，一处所，一物候，一日一夕，一觞一饭，显显然无有忘弃者，不觉出涕。贺复无家室子弟得以给养恤问。尝恨想其人，味其言止矣。子厚于我，与我为贺集序，尽道其所来由，亦少解我意。"

李贺诗据这里说共二百三十三首，未提及增补，但现存则有二百四十二首。多出之数，当系伪作掺入。我们这个选本收入六十首，约占总数四分之一。李贺诗已经诗人自己删汰，如今再作"删汰"，实在不是一件很随便的事。我的办法是，先将公认的名作概行选入，庶免遗珠之憾。然后，方以己意选录。李贺诗，其成就主要在艺术上，故我将艺术标准放在一等重要的地位。另外，基于上述的对李贺诗的认识，内容上侧重于神怪诗与讽喻诗，抒情诗与习作诗（暂且如是称谓）则酌情选录，而应酬诗选入最少，这是因其不仅内容庸俗浮泛，艺术性往往也不高。

　　李贺的诗，历来认为难于索解。过去的注家，以清人王琦的注本为最善。不单注引翔实，而且解释矜慎，识见精深。相形之下，颇有一些注家不求甚解，断章取义，信口瞎说，于帮助读者理解诗的原意一无补益，应予批驳。而批驳之法，莫过于立己之说。因此在这个选本的注释过程中，特地重视了这一个方面。对于每一首诗，我力求逐句串解，首尾贯通，自圆其说。这一工作，自然离不开前人的研究成果，其中主要是王琦的成果。至于我所立说的效果如何，则是须待读者阅读后去下判断的了。

　　这个选本在串解方面采用了与其他选本略为不同的方式——白话诗翻译。这本是一条最吃力不讨好的路。况且，为了帮助初接触李贺诗的读者掌握诗中遣词造句的用心，借以更深入地了解李贺诗的艺术手法与特色，译诗是按原诗句子的顺序逐句对译的。这就使工作的进行碰到很大困难。一首译诗之成，至有十数易其稿而终不能差强人意者。其中辛苦，只有自知。至于效果，除却自承笨拙之外，是别无可以解脱的话的。所幸选本终于完稿，并且有少年朋友阅后，觉得此种形式于他尚有趣味。倘于读者诸君亦能如此，则是我所额手称庆，喜出望外的了。

## 【注释】

① 李贺在二十岁之前漫游燕赵之间凡三年。这一事实可从诗中找到明确的指证：《浩歌》中有"买丝绣作平原君，有酒唯浇赵州土"之句，可知此诗写于游赵时期。又诗中云"二十男儿那刺促"，可知此时诗人大约在二十岁。《客游》中有"老作平原客……三年去乡国"的话，可知李贺游赵至少三年。《示弟》中有"别弟三年后，还家十日余"的话，可知李贺游赵正是三年。因为李贺客居长安也是三年，会产生疑问：此诗是否作于长安去官之后？我们从诗集中知道当奉礼郎三年期间，李贺不止一次回家探望，足能排除这一疑问。

② 李贺之曾婚娶，今人叶葱奇辨之甚确，兹不赘。唯他的夫人早逝，叶氏尚未涉及，谨证之如次：《题归梦》中有"劳劳一寸心，灯花照鱼目"之句，即"愁似鳏鱼夜不眠"意也。李贺若非兼有此身份，断乎不会用这典故的。由此可以推知其夫人之早逝。《始为奉礼忆昌谷山居》中有"犬书曾去洛，鹤病悔游秦"之句，可知在李贺游宦长安时，他的妻子得了一场相当重的病。大约由此一病不起。合《题归梦》来看，她约莫死于李贺游宦长安的第一年。《莫种树》这首诗是诗人在家中写的。从诗的情调和没有明言的愁情，我疑心它是悼亡之作。这样去理解，"独睡南床月，今秋似去秋"便似乎暗示了他夫人的逝世是在秋天。

# 目　录

# 李凭箜篌引①

　　诗人将这首诗作为他诗集的第一篇,想来是颇以它为得意的。此诗构思新巧、章法精奇,运用高超的艺术手法,调动各种神话典故,记述李凭演奏箜篌驱散重云、招来秋月的传奇式事件,别开生面地歌颂了箜篌圣手李凭神奇的才能。这首诗的确是李贺诗风格的优秀代表。

　　　吴丝蜀桐张高秋,②空白凝云颓不流。③
　　　湘娥啼竹素女愁,④李凭中国弹箜篌。⑤
　　　昆山玉碎凤凰叫,⑥芙蓉泣露香兰笑。⑦
　　　十二门前融冷光,⑧二十三丝动紫皇。⑨
　　　女娲炼石补天处,⑩石破天惊逗秋雨。⑪
　　　梦入神山教神妪,⑫老鱼跳波瘦蛟舞。⑬
　　　吴质不眠倚桂树,⑭露脚斜飞湿寒兔。⑮

## 【今译】

　　吴丝蜀桐——精美的竖琴张开了,在深秋
　　　夜晚。
　　天空,凝聚的密密的云低垂着,一动不动……

谁在哭？是湘娥，泪染斑竹。还有素女，含愁
　　默默。

李凭弹起了竖琴。听，那琴声，在京城的
　　夜空——

昆山玉破碎一般的清脆，凤鸟鸣啭一般的
　　悠扬。

芙蓉瓣上，抖颤着晶莹的泪珠；香兰丛中，迸
　　开了无声的欢笑。

哟！云散了——十二门前，多么明亮的冷冽
　　的月光。

哟，云散了！二十三根丝弦，感动了至高无上
　　的紫皇：

在那女娲炼石修补的一角天穹，

石破天惊！喷涌而下的秋雨，被留止在半空。

京城酣睡。在梦中，李凭走进神山，教神妪弹奏
　　——老鱼在波浪上跳跃，瘦蛟也翩然起舞。

京城酣睡。只有一轮秋月，吴刚倚着桂
　　树——终夜不眠，

直到——拂晓的露，斜飞着，打湿它那寒冷的
　　光轮……

## 【注释】

① 李凭：当时弹箜篌的名手，梨园弟子。杨巨源有《听李凭弹箜篌诗》："听奏繁弦玉殿清，风传曲度禁林明。君王听乐梨园暖，翻到云门第几声。""花咽娇莺玉嗽泉，名高半在御筵前。汉王欲助人间乐，从遣新声坠九天。" 箜篌引：古乐府曲调名。崔豹《古今注》："《箜篌引》，朝鲜津卒霍里子高妻丽玉所作也。高晨起，刺船而濯，有一白首狂夫，披发提壶，乱流而渡。其妻随呼止之，不及，遂堕河水死。于是援箜篌而鼓之，作《公无渡河》之曲，声甚凄怆，曲终，投河而死。霍里子高还，以其声语妻丽玉。玉伤之，乃引箜篌而写其声，闻者莫不堕泪饮泣焉。丽玉以其曲传邻女丽容，名之曰《箜篌引》。"丽玉《箜篌引》："公无渡河，公竟渡河。渡河而死，当奈公何。"后世乐府均沿用此内容。这里则只借用曲调。 这题目当理解为以《箜篌引》咏李凭。 箜篌（kōng hóu 空侯）：即现在的竖琴，而形制要小些。《旧唐书·音乐志》："箜篌，汉武帝使乐人侯调所作，以祠太一。或云侯辉所作，其声坎坎应节，谓之坎侯，声讹为'箜篌'。或谓师延靡靡乐，非也。旧说亦依琴制，今按其形，似瑟而小，七弦，用拨弹之，如琵琶。"《通典》卷一百四十四："竖箜篌，胡乐也，汉灵帝好之。体曲而长，二十二弦，竖抱于怀中，用两手齐奏，俗谓之擘箜篌。"

② 吴丝蜀桐：指箜篌。吴丝，用江浙产的蚕丝作琴弦。蜀桐，用四川产的梧桐木作琴身。 张：指调理好弦线，等待弹奏。 高秋：深秋。

③ 空白：指秋天的天空。 颓：低垂的样子。 这句描写天上浓云满布，含有云垂欲雨的情景。

④ 湘娥啼竹：湘水女神悲伤哭泣。张华《博物志》："舜之二妃曰湘夫人。舜崩，二妃以涕挥竹，竹尽斑。" 素女：古代传说中善弹瑟的神女。《史记·封禅书》："太帝使素女鼓五十弦瑟，悲，帝禁

不止,故破其瑟为二十五弦。" 这句是以湘娥、素女比喻善于弹瑟的乐工,(湘娥善鼓瑟,见《楚辞·远游》:"使湘灵鼓瑟兮。")说她们因嫉妒李凭至于哭泣,发愁。(唐代有对于箜篌和瑟厚此薄彼的风气。见《渊鉴类函》载唐人《箜篌赋》:"斥瑶瑟而不御,弹箜篌以为美。")

⑤ 中国:在京城(长安)中。

⑥ 昆山玉:昆仑山产的玉。《韩诗外传》卷六:"玉出于昆山。" 碎:指玉被敲破时的碎裂声。 凤凰:古代传说中象征吉祥的神鸟。《文献通考》卷一百三十七:"燕乐有大箜篌、小箜篌,音逐手起,曲随弦成,盖若鹤鸣之嘹唳、玉声之清越者也。"与这句意颇相同。

⑦ 香兰笑:香兰开花。 这句是说李凭的琴声感动草木。

⑧ 十二门:长安城的城门。《三辅黄图》卷一:"长安城,面三门,四面十二门,皆通达九逵,以相经纬。" 融:大明也。 冷光:指月光。 这句说十二门前月光很明亮,暗示云散月出。

⑨ 紫皇:道家所说的天帝。《太平御览·秘要经》:"太清九宫,皆有僚属,其最高者,称太皇、紫皇、玉皇。" 这句承上而来,说天空的变化是琴声感动了紫皇的结果。

⑩ 女娲:古代传说中创造人的女神。 炼石补天:刘安《淮南子·览冥训》:"女娲炼五色石以补苍天。"

⑪ 逗:留住。 这两句承上而来,诗人驰骋他的想象:女娲用来补住天穹的石破裂了,秋雨从裂口倾泻而下。《渊鉴类函》中载唐人《女娲炼石补天赋》:"降如丝之雨,终若漏穿。"意类此。但是紫皇把它留住了,所以不曾降下来。 以上四句,应作一句看。

⑫ 神妪:神仙老太婆。王琦注:"《搜神记》:'永嘉中,有神见兖州,自称樊道基。有妪号成夫人。夫人好音乐,能弹箜篌,闻人弦歌,辄便起舞。'所谓神妪疑用此事。" 这句说李凭弹完箜篌,回去歇息,但在梦中又被请到神山去教神妪弹奏。并含有称赞李凭的技艺高超的意思。

⑬ 蛟：蛟龙。《列子·汤问》："瓠巴鼓琴而鸟舞鱼跃。"这里暗用此典，再次称赞李凭的技艺。

⑭ 吴质：应是"吴刚"之误。段成式《酉阳杂俎》前集卷之一："月桂高五百丈，下有一人常斫之，树创随合。其人姓吴名刚，西河人，学仙有过，谪令伐树。" 这句是说月亮通宵都很明亮。

⑮ 露脚：露点。 寒兔：月亮。 以上两句强调云散月出的结果。说月亮终宵都很明亮，实际上就是李凭琴技之神妙的见证。

# 还自会稽歌<sup>①</sup>并序

这是诗人摹想古人情事之作,类似的还有后面的《追和柳恽》。如此取材虽然有点无聊,但诗人意在练笔。就像画师的习作,我们可以通过它窥见诗人习艺的途径,并且常能在此俯拾到一些艺术灵感的闪光的结晶。

庾肩吾于梁时,<sup>②</sup>尝作《宫体谣引》,<sup>③</sup>以应和皇子。<sup>④</sup>及国势沦败,肩吾先潜难会稽,<sup>⑤</sup>后始还家。仆意其必有遗文,<sup>⑥</sup>今无得焉。故作《还自会稽歌》以补其悲。

野粉椒壁黄,<sup>⑦</sup>湿萤满梁殿。<sup>⑧</sup>
台城应教人,<sup>⑨</sup>秋衾梦铜辇。<sup>⑩</sup>
吴霜点归鬓,<sup>⑪</sup>身与塘蒲晚。<sup>⑫</sup>
脉脉辞金鱼,<sup>⑬</sup>羁臣守迍贱。<sup>⑭</sup>

## 【今译】

大块的霉斑把椒壁弄得发黄,
成群的萤火飞绕着荒废的梁殿。

他，曾是台城随侍应教的宠臣——

如今却在秋夜的被窝中梦想铜辇！

吴地的霜华，点缀在这流亡者的鬓脚。

枯槁的身影，徘徊在枯槁的蒲塘边……

默默地别了金鱼袋——富贵的见证，

流亡的臣子厮守着困踬和卑贱。

## 【注释】

① 还自会稽歌：从会稽归来的歌。 会稽：即今浙江省绍兴。

② 庾肩吾：南北朝时人。生平见《南史》本传："庾肩吾，字慎之。八岁能赋诗，初为晋安王国常侍。王每徙镇，肩吾常随府。王为皇太子，兼东宫通事舍人。后为安西湘东王录事、咨议参军，太子率更令，中庶子。及简文即位，以肩吾为度支尚书。时上流藩镇并据州拒侯景，景矫诏遣肩吾使江州，喻当阳公大心。肩吾因逃入东。贼宋子仙破会稽，购得肩吾，谓曰：'吾闻汝能作诗，今可即作，当贷汝命。'肩吾操笔便成，辞采甚美。子仙乃释以为建昌令。仍间道奔江陵。历江州刺史，领义阳太守。" 梁时：指南北朝时的梁朝。

③ 宫体谣引：庾肩吾所作，今失传。《隋书·经籍志四》："梁简文之在东宫，亦好篇什。清词巧制，止乎衽席之间；雕琢蔓藻，思极闺闱之内。后生好事，递相放习。朝野纷纷，号为'宫体'。"刘肃《大唐新语》卷三："梁简文帝之为太子，好作艳诗，境内化之，浸以成俗，谓之'宫体'。"

④ 应和：响应，附和。 皇子：指梁简文帝，在未为皇太子以前，称皇子。

⑤潜难：避难。

⑥仆：指诗人自己。　其：指庾肩吾。　遗文：留下来的文章。这里指记载"潜难会稽，后始还家"的文章。

⑦野粉：指粉状的霉斑。　椒壁：椒房的墙壁。颜师古《汉书注》："椒房，殿名。皇后所居也。以椒和泥涂壁，取其温而芳也。"

⑧湿萤：萤火虫的别称。古人因萤火虫生于卑湿之地，故称湿萤。　梁殿：梁国的宫殿。　以上二句描写梁国宫殿的荒芜，暗示梁的国势衰败。

⑨台城：皇宫。洪迈《容斋续笔》卷五："晋宋间，谓朝廷禁省为台，故称禁城为台城，官军为台军，使者为台使，卿士为台官，法令为台格。……今人于他处指言建康为台城，则非也。"《景定建康志》卷二十《城阙志一》："台城，一曰苑城，本吴后苑城。晋成帝咸和中，新宫成，名建康宫，即所谓台城也。在上元县东北五里。"应教：臣下奉诸侯王之命作诗，称为应教。　这句指庾肩吾，因为庾"尝作《宫体谣引》，以应和皇子"。

⑩衾：单被。　铜辇：太子乘坐的车。陆机《东宫作诗》："抚剑遵铜辇。"李善注："铜辇，太子车饰。"

⑪吴霜：吴地的霜。会稽在吴地，故有此说。　归鬓：归来之人的鬓发。　这句有两层意思。一是说庾肩吾在秋天昼夜兼程地赶回来。一是说庾肩吾在会稽流亡所历的艰苦使他两鬓已见斑白。

⑫晚：指老。　以上二句紧扣秋天景物引喻。

⑬脉脉：包含着感情的沉默。　辞：辞别。　金鱼：金鱼袋。

⑭羁（jī 几）臣：流落异地的人。这里指庾肩吾。　迍（zhūn 谆）贱：疑当是"迍邅"，困顿不得志。

中华聚珍文学丛书—李贺诗今译

# 送沈亚之歌①并序

这首诗是送考试落第的友人沈亚之离长安返家所作。诗人对这位朋友的不幸遭遇表示深切的同情,给予了热情的劝勉。全诗形象优美,感情深挚,手法别致。诗中用"白藤书笈"将目前、过去和未来巧妙地联接起来,跟现代电影里的手法不谋而合。

文人沈亚之,元和七年以书不中第,②返归于吴江。③吾悲其行,无钱酒以劳,④又感沈之勤请,⑤乃歌一解以送之。⑥

吴兴才人怨春风,⑦桃花满陌千里红。⑧

紫丝竹断骢马小,⑨家住钱塘东复东。⑩

白藤交穿织书笈,⑪短策齐裁如梵夹。⑫

雄光宝矿献春卿,⑬烟底蓦波乘一叶。⑭

春卿拾才白日下,⑮掷置黄金解龙马。⑯

携笈归家重入门,劳劳谁是怜君者。⑰

吾闻壮夫重心骨,⑱古人三走无摧捽。⑲

请君待旦事长鞭,⑳他日还辕及秋律。㉑

吴兴才人满怀愁怨——春风正吹着，

桃花落满道路，一千里都染红了……

（在这暮春时节启程，能有什么好心绪呵？）

紫丝竹鞭子如此破旧，骢马又如此小，

家呢，住在钱塘，在远远的东方还要往东。

（在这境况启程回家，能有什么好心绪呵！）

一条条白藤交叉穿织成的书箱子，

里面短短的文稿，裁得整整齐齐，有如梵夹。

（这不是文稿，是心血、才华！是你的希

　望呵！）

这"雄光宝矿"你拿来奉献给考官，

飞掠过浩渺烟波，乘一叶轻快的小船！

（那时你的心绪曾是多么激动、亢奋……）

考官们选拔人才，像太阳底下那样一目了然。

为什么？他们竟抛掉"黄金"，放走"龙

　马"……

（你落选了，是多么愕然、沮丧、痛苦！）

带着书箱子回到家，重又冷清清走进家门。

说体贴的宽慰的话儿将是谁？那样地爱
　惜你？

（但愿你消除了愁怨、沮丧和痛苦。）

我听说，大丈夫珍视坚定不移的气质。

古人就有再三失败而不被挫折的榜样。

（我愿你向他们学习！）

请你等待——一个早晨，挥起长鞭……

那一天，你驱车再来，趁着秋天的大好时光！

（我等待着，等待着你！）

## 【注释】

　　① 沈亚之：诗人。李贺的好友，第一部李贺诗集的出版人。
《文献通考》卷二百三十三：“沈亚之，字下贤，长安人。元和十年进
士，累迁殿中侍御史、内供奉，终郢州掾。亚之以文辞得名，尝游韩
愈门。李贺、杜牧、李商隐俱有拟下贤诗，亦当时名辈所称许云。”
计有功《唐诗纪事》卷五十一：“亚之，吴人。”看这首诗，应以《纪事》
为是。

　　② 元和七年：公元八一二年。元和，唐宪宗的年号。　书不中
第：书学考试不及格。《通典》卷十五：“其常贡之科，有秀才，有明
经，有进士，有明法，有书，有算。”《唐书·选举志》：“凡书学，先口
试，通，乃墨试《说文》《字林》二十条，通十八为第。”

　　③ 吴江：即吴淞江，俗称苏州河，在今江苏省东南部。

　　④ 劳：读去声。慰问。

　　⑤ 勤请：再三的邀请。

⑥ 一解：一章。郭茂倩《乐府诗集》卷二十六："凡诸调歌辞，并以一章为一解。"《古今乐录》曰："伧歌以一句为一解，中国以一章为一解。"

⑦ 吴兴：唐郡名。郡治在今浙江省吴兴县。 才人，才子。这里指沈亚之。

⑧ 陌：田野上的路。

⑨ 紫丝竹断：《古乐府》："青骢白马紫丝缰。"王琦认为："断字疑误。"这里姑且据意译为"破旧"。 骢马：毛色黑白相杂的马。

⑩ 钱塘：旧县名。今并入浙江省杭州市。

⑪ 笈(jí 及)：书箱。

⑫ 短策：策通"册"。古代用竹片或木片记事著书，成编的叫策。这里说沈亚之的文章写在短短的纸页上，装订成册。 梵夹：梵(fàn 饭)。佛经。王琦注引《大业杂记》："新翻经本从外国来，用贝多树叶，形似枇杷叶而厚大，横行作书，约经多少，缀其一边如牒然。今呼为梵夹。"胡三省《通鉴》注："梵夹者，贝叶经也。以板夹之，谓之梵夹。"

⑬ 雄光宝矿：闪射灿烂光芒的宝贵矿藏。 春卿：指考官。唐代考试由礼部主持。

⑭ 薯：越过。 一叶：指小船。白居易《泛春池》诗："波上一叶舟。"罗含《湘川记》："绕川行舟，远望若一树叶。"

⑮ 拾才：选取人才。

⑯ 黄金、龙马：比喻优秀的人才。《礼记训纂》卷六："马八尺以上为龙。"

⑰ 劳劳：慰问。

⑱ 心骨：心胸气概。

⑲ 古人三走：指春秋时的管仲或令尹子文。他们都有三次为官三次罢官的经历。 摧挫：摧，挫败。挫(zuó 昨)，拔起。

⑳ 事：从事，治事。这里指整理好远行的东西。

㉑ 还辕：回转车子。辕，车前驾马的直木。 及：赶上。 秋

律：秋天。这里借指考试时候。王琦注："《月令》：'孟秋之月，律中夷则；仲秋之月，律中南吕；季秋之月，律中无射。'以秋月为秋律本此。"《通典》卷十七："大抵举选人以秋末就路，春末方归。" 这两句诗应作一句读。

# 追 和 柳 恽①

　　本诗写柳恽从远地归来,与妻子团聚的情事。诗中将柳恽在归途上踏入乡土时的欢喜,将夫妻团聚的乐趣,将他们重新开始的甜蜜时光,一层一层,细细写来,情趣盎然。诗人充分运用形象表现,全诗只凭一"归"字点破,显示出很高明的技巧。

汀洲白蘋草,②柳恽乘马归。

江头楂树香,③岸上蝴蝶飞。

酒杯箬叶露,④玉轸蜀桐虚。⑤

朱楼通水陌,⑥沙暖一双鱼。⑦

## 【今译】

汀洲上,蘋草开花了,一片雪白。

骑着马,柳恽回来了,一路蘋花……

江岸上,山楂树摇荡着清香,

江岸上,蝴蝶儿捉对地飞翔。

酒杯斟满了,是有名的箬叶露呢!

玉琴拨响了,它沉默得真太久呢!

朱楼下,水道交通,他和她凭栏下望:

在暖洋洋的沙底，一双鱼儿正翩然来往……

## 【注释】

① 追和：两人（或数人）用同一题目或同一韵部写诗，称为唱和。如事后参与唱和，则称为追和。 柳恽：南北朝人。据王琦注："按《梁书》，柳恽字文畅，河东解人也。立行贞素，以贵公子早有令名。少工篇什，仕至吴兴太守。"

② 汀洲：唐白居易《白蘋洲五亭记》："湖州城东南二百步，抵霅溪，连汀洲。"湖州，今浙江省吴兴县治。 白蘋草：罗愿《尔雅翼》卷六："蘋，叶正四方，中拆如十字，根生水底，叶敷水上，……五月有花，白色。" 按，柳恽有《江南曲》诗云："汀洲采白蘋，日落江南春。洞庭有归客，潇湘逢故人。故人何不返，春华复应晚。不道新知乐，且言行路远。"

③ 楂（zhā 渣）：山楂。落叶灌木，花白色微红，果实球形，味酸。

④ 箬叶露：箬下酒。吴兴产的一种美酒。乐史《太平寰宇记》卷九十四："箬溪在（湖州长兴）县南五十步。……顾野王《舆地志》：'夹溪悉生箭箬，南岸曰上箬，北岸曰下箬，二箬皆村名。村人取下箬水酿酒，醇美胜于云阳，俗称箬下酒。'韦昭《吴录》：'乌程箬下酒有名。'山谦之《吴兴记》云：'上、下二箬并出美酒。'"箬（ruò 若）：竹名，其叶特别阔大。 这句写喝酒接风。

⑤ 玉轸：玉制的轸。轸（zhěn 诊），弦乐器上用以转动弦线的柱轴。 蜀桐：指琴体。 虚：指琴久已虚设。 这句写琴，暗示柳恽弹琴。按，柳恽父子俱善弹琴。恽父世隆弹琴为士流第一，恽并能制曲。

⑥ 朱楼：富贵人家的住宅。 通水陌：指楼依水而建，且跨于水上。

⑦ "沙暖"句：隐喻柳恽夫妻生活和洽温暖。

# 春坊正字剑子歌①

　　这是一首咏剑的诗。诗中细腻地描绘了宝剑的光芒和锋利，以及剑鞘和缳子，并含蓄地寄托了对剑的主人——诗人的朋友的冀望。全诗比拟丰富，设想独特，意气高昂，较好地体现了诗人的艺术风貌。

　　先辈匣中三尺水，②曾入吴潭斩龙子。③
　　隙月斜明刮露寒，练带平铺吹不起。④
　　蛟胎皮老蒺藜刺，⑤鸊鹈淬花白鹇尾。⑥
　　直是荆轲一片心，⑦分明照见春坊字。
　　捩丝团金悬麗毴，⑧神光欲截蓝田玉。⑨
　　提出西方白帝惊，嗷嗷鬼母秋郊哭。⑩

## 【今译】

　　先辈的剑匣中，剑犹如三尺秋水。
　　它曾潜入吴潭，砍杀凶猛的蛟龙。
　　像一道狭长的月光，在冷森森的露水上闪耀。
　　像一条洁白的丝带平铺着，风吹纹丝不动。
　　剑匣是老鲨皮——蒺藜刺般的珠纹。

中华聚珍文学丛书—李贺诗今译

剑身抹上鸊鹈油,像漂亮的白鹇尾羽。

啊,这剑简直就是荆轲那一片心,

它与春坊的文字正好两相辉映!

剑穗下垂,丝绳和金块交光错彩。

剑光如神,好像要在蓝田玉上一试它的锋芒。

带上它去吧,西方的白帝子将惊惶失色。

听那嗷嗷叫号,是鬼母在秋的原野上痛哭了!

## 【注释】

① 春坊正字:唐官名。《唐书·百官志》:"东宫官,左春坊,司经局有正字二人。从九品上。"

② 先辈:老前辈。程大昌《演繁露》卷一:"唐世举人呼已第者为先辈。"

③ 吴潭斩龙子:周处的故事。刘义庆《世说新语·自新》:"周处年少时凶强侠气,为乡里所患。又义兴水中有蛟,山中有邅迹虎,并皆暴犯百姓。义兴人谓为'三横',而处犹剧。或说处杀虎斩蛟,实冀'三横'唯余其一。处即刺杀虎,又入水击蛟。蛟或浮或没,行数十里,处与之俱。经三日三夜,乡里皆谓已死,更相庆。竟杀蛟而出。闻里人相庆,始知为人情所患,……遂改厉,终为忠臣孝子。"义兴地属吴,故称"吴潭"。这里或喻春坊正字的不凡经历,或喻剑之来历不凡。

④ 练带:白丝带。

⑤ 蛟胎皮:鲨鱼皮。旧或称鲛鱼皮。《山海经·中山经》:"漳水出焉,而东南流注于睢,其中多黄金,多鲛鱼。"郭璞注:"鲛,鲋鱼类也,皮有珠文而坚,尾长三四尺,末有毒,螫人,皮可饰刀剑。"

蒺藜(jí lí 疾黎)：草本植物，果实有刺。

⑥ 鹏鹈(pì tí 辟啼)：水鸟，形似鸭而小，善潜水。它的脂肪涂刀剑可防锈。 淬(cuì 翠)：染。 白鹇：雉科，雄鸟有蓝黑色长冠，尾长，中央尾羽纯白。

⑦ 荆轲：古代著名的勇士。燕太子丹聘请他行刺秦王嬴政，失败被杀。

⑧ 挼丝：指丝绳。挼(nuó 挪)，搓。 团金：指装饰在剑穗上的小金块。 麗鏃(lù sù 鹿束)：下垂的样子。

⑨ "神光"句：古代有宝剑切玉如泥之说。《列子》："西戎献锟铻之剑，火浣之布。其剑长尺有咫，炼钢赤刃，用之切玉如泥焉。"蓝田玉：《水经注》："丽戎之山，一名蓝田，其阴多金，其阳多玉。"《通典》："京兆郡有蓝田县出美玉。玉之美者曰球，次曰蓝，盖以县出玉故名之。"蓝田，即今陕西省蓝田县，古代著名的玉石产地。

⑩ "提出"二句：用刘邦斩蛇的故事。《汉书·高帝纪》："高祖被酒，夜径泽中，令一人行前。行前者还报曰：'前有大蛇当径，愿还。'高祖醉，曰：'壮士行，何畏！'乃前，拔剑斩蛇，蛇分为两，道开。行数里，醉困卧。后人来至蛇所，有一老妪夜哭。人问妪何哭，妪曰：'人杀吾子。'人曰：'妪子何为见杀？'妪曰：'吾子，白帝子也，化为蛇当道，今者赤帝子斩之，故哭。'人以妪为不诚，欲苦之，妪忽不见。"班彪《王命论》："始起沛泽，则神母夜号，以彰赤帝之符。" 这里说春坊正字的剑可与刘邦的斩蛇剑相比而无愧，是对剑的高度称赞。

# 雁门太守行①

　　这首诗描写了边塞上守军的一次出征。诗人以极其浓艳的色彩,生动地描画出一幅秋夜塞上出征图。诗人着意渲染了出征时那种沉重的然而是高度真实的气氛。因为战争是不得已的,胜利是血换取的。也就是所谓"哀兵必胜"的意思。

　　黑云压城城欲摧,②甲光向日金鳞开。
　　角声满天秋色里,③塞上胭脂凝夜紫。④
　　半卷红旗临易水,⑤霜重鼓寒声不起。
　　报君黄金台上意,⑥提携玉龙为君死。⑦

## 【今译】

　　黑沉沉的云朵压着城头,城像要摧垮了。
　　(杀气成阵,一场大规模军事行动正在酝酿
　　　之中。)
　　盔甲闪亮,向着夕阳,像金色鳞片伸展开
　　　去……
　　(军队出城,开到郊原上。)
　　号角声漫天回荡,在秋的氛围里,肃穆、悲凉!

边塞上，一片紫色光华，像血，凝结在紫的
　　夜空。

（军队行进，由黄昏到夜晚。神秘的天光预兆
　　着一个流血的胜利。）

半卷的红旗，缓缓翻动着，迎向滔滔易水——

鼓敲响了，闷沉沉地，仿佛教浓重的秋霜冻住
　　似的。

（军队抵达阵地，鼓声催促战士们进攻。）

来吧，是报效皇上圣恩的时候了。

前进！握紧了你的利剑，去决一死战吧！

（雁门太守发出临阵的誓言。）

## 【注释】

①乐府古题。《乐府诗集》中编入，内容大多描写边塞征战。本诗也是遵循古意。　雁门：雁门县，今山西省代县。雁门关，今山西省代县西北三十里处。　太守：郡首长。　行：歌行。犹言"歌"。

②黑云压城：《晋书·天文志》："凡坚城之上，有黑云如星，名曰军精。"　城欲摧：形容黑云的威势。　这句用大自然感应而出现的"军精"——黑云，来暗示城中军队的集结。

③角声：号角声。军中用以传达行动的号令。

④塞上胭脂：《隋书·长孙晟传》："臣夜登城楼，望见碛北有赤气，长百余里，皆如雨足，下垂被地。谨验兵书，此名洒血，其下之国，必且破亡。欲灭匈奴，宜在今日。"　这句是说天上显现了敌

人败亡的朕兆。

⑤半卷红旗：指军队正在前进。王昌龄《从军行》诗："红旗半卷出辕门。" 临：面临，面对。 易水：在河北省中部，距雁门关约一百公里。

⑥黄金台：战国时燕昭王所筑，置黄金其上，以招揽天下人才。后世成为招贤纳士的代称。

⑦玉龙：指剑。王初《送王秀才谒池州吴都督》诗："剑光横雪玉龙寒。"

<br>

按：王琦注云："此篇盖咏中夜出兵，乘间捣敌之事。黑云压城城欲摧，甚言寒云浓密。至云开处逗露月光与甲光相射，有似金鳞，此言初出兵之时，语气甚雄壮。角声满天，写军中之所闻。塞上胭脂，写军中之所见。半卷红旗，见轻兵夜进之捷。霜重鼓咽，写冒寒将战之景。末复设为誓死之词，以答君上恩礼之隆，所以明封疆臣子之志也。旧解以黑云压城为孤城将破之兆，鼓声不起，为士气衰败之征。吴正子谓其颇似败后之作，皆非也。"这个意见是对的。本诗的串解，大体采用了王琦的解释。

# 苏 小 小 墓<sup>①</sup>

　　这是一首类乎"幻想曲"的作品。诗人对苏小小的墓地景色
发挥了极其独特的幻想。

　　　　幽兰露，如啼眼。
　　　　无物结同心，<sup>②</sup>烟花不堪剪。<sup>③</sup>
　　　　草如茵，<sup>④</sup>松如盖，<sup>⑤</sup>
　　　　风为裳，水为珮。<sup>⑥</sup>
　　　　油壁车，<sup>⑦</sup>夕相待。
　　　　冷翠烛，<sup>⑧</sup>劳光彩。<sup>⑨</sup>
　　　　西陵下，<sup>⑩</sup>风吹雨。

**【今译】**

　　　兰叶上聚着雨滴，在薄暗中发亮，像是许多悲
　　　　伤的泪眼。
　　　那些个爱情的信物如今都在哪儿呵？
　　　眼前是一片烟雾——这虚幻的不可把捉的
　　　　"烟花"！

中华聚珍文学丛书——李贺诗今译

密密的小草,是她的柔软的绿毯;

摇曳的松荫,是她的美丽的罗伞。

你可触到她的衣裳么,又薄又细像轻纱一般?

不,那是一阵微风呵。

你可听见她徘徊着,身上的玉珮叮咚碰响?

哦,那是泉水在流淌呵。

天晚了,树林外面,她的油壁车在等着呢。

你瞧,那冷森森的翡翠似的烛光正殷勤地追
    随着,给她照路。

她走了。现在,西陵下这墓地里只有风吹着
    雨……

【注释】

　　① 苏小小:南齐时钱塘名妓。古乐府《苏小小歌》:"妾乘油壁
车,郎骑青骢马。何处结同心? 西陵松柏下。"祝穆《方舆胜览》卷
三:"苏小小墓在嘉兴县西南六十步。乃晋之歌妓。今有片石在通
判厅,题曰苏小小墓。"李绅《真娘墓诗序》:"嘉兴县前有吴妓人苏
小小墓,风雨之夕,或闻其上有歌吹之音。"

　　② 结同心:用花草或别的东西结成一种小饰物表示爱情
如一。

　　③ 烟花:繁花。这里借指鬼花如烟似雾。李白《黄鹤楼送孟
浩然之广陵》诗:"烟花三月下扬州。"

　　④ 茵:垫子。

⑤ 盖：伞子。

⑥ 珮：一种玉制装饰物，用以佩挂在腰间，行走时会自相碰撞发响。

⑦ 油壁车：车厢用油布覆盖的车子。

⑧ 冷翠烛：指磷火。

⑨ 劳：不辞劳苦的意思。

⑩ 西陵：今杭州西泠桥一带。

# 梦　天<sup>①</sup>

这也是一首"幻想曲"。诗人在这诗中发挥了他对于天空、月亮，和在天上俯瞰人间景象的种种奇异的幻想。

老兔寒蟾泣天色，<sup>②</sup>云楼半开壁斜白。

玉轮轧露湿团光，<sup>③</sup>鸾珮相逢桂香陌。<sup>④</sup>

黄尘清水三山下，<sup>⑤</sup>更变千年如走马。<sup>⑥</sup>

遥望齐州九点烟，<sup>⑦</sup>一泓海水杯中泻。<sup>⑧</sup>

## 【今译】

下了一阵雨，这大约是月亮里的老兔和寒蟾
　　哭泣掉下的眼泪吧？

云朵——仙人的楼阁——悄悄移开，它那一
　　片墙壁让斜射的月光映得雪白。

月亮露了脸，哟，好一只巨大的白玉轮子！它
　　在潮湿的空中滚动，像一团朦胧的圆光。

这儿是月宫。在浮漾着桂花香气的路上，我
　　遇见一位仙女。

我们俯览人间，只见一片黄尘、一片清水——

　人间是多么遥远！

只一瞬间，一千年的光景就流逝了，像飞奔的

　快马——人生又是多么短暂！

我远远地辨认我的祖国，呵，她竟渺小得像九

　粒尘埃！

大海也小得可怜，就像从杯子里泼出来的水

　那么一点……

## 【注释】

① 梦天：幻想在天上。

② 老兔寒蟾：古代传说月亮中有兔和蟾蜍。因为月亮古老，想象兔也年老；因为月亮高寒，想象蟾蜍也寒冷。

③ 轧：辗压。 团光：指月晕。

④ 鸾珮：鸾鸟形状的玉珮。这里借指腰系玉珮的仙女。 桂香陌：古代传说月中有桂树。这里暗示已到月亮中。

⑤ 黄尘：指土地。 清水：指海洋。 三山：指古代传说中的神山——蓬莱、方丈、瀛洲。

⑥ 这两句诗应连作一句读。说在神山之下，大地和海洋互相替代、更变。这更变在人间要上千年，但在天上看去却像走马一般迅速。葛洪《神仙传》："麻姑自说：接待以来，见东海三为桑田。向到蓬莱，水又浅于往昔，会时略半也，岂将复为陵陆乎？"

⑦ 齐州：中国。《尔雅·释地》："岠齐州以南。"注："齐，中

也。"疏:"中州,犹言中国也。" 九点烟:中国,古代曾划分为九州。
这里是说九个州像九粒尘埃。

⑧ 一泓(hóng 弘):一湾。

# 唐儿歌①杜齮公之子②

这诗是为一个小孩子写的。诗中以洗炼生动的笔墨,描画出一个俊秀、聪明、活泼的小男孩可爱的形象。至于其中夹入的庸俗捧场,损害了作品,则是很可惜的。

头玉硗硗眉刷翠,③杜郎生得真男子。④
骨重神寒天庙器,⑤一双瞳人剪秋水。⑥
竹马梢梢摇绿尾,⑦银鸾睒光踏半臂。⑧
东家娇娘求对值,⑨浓笑书空作唐字。⑩
眼大心雄知所以,莫忘作歌人姓李。

## 【今译】

头脸——像一块白玉,那么刚硬莹洁。

眉毛——像涂上螺黛,那么漆黑光采。

杜郎长得好一个堂堂男子汉哪!

气质凝重、神态清朗,是天庙之器。

一双眼睛——用秋水剪裁的,那么明澈冷静。

(四句写唐儿的外貌形象。)

竹马乱蓬蓬地摇摆着绿尾巴。

中华聚珍文学丛书——李贺诗今译

银鸾坠子光芒闪烁,跳踏在背心上。

(二句写唐儿正在玩骑竹马的游戏。)

东家的小姑娘挑选女婿,

她红了脸笑着,用指头当空写一个"唐"字。

(二句写东家娇娘对唐儿的恋慕。)

眼光远大、志尚雄伟,准知道有大出息的。

啊,到那时,可别忘记写这支歌的人——我
　　姓李!

(二句写诗人预料唐儿前程远大,并希望他将
　　来能提携自己。)

## 【注释】

　① 唐儿:这名字含有唐朝的孩子的意思。

　②《旧唐书·杜黄裳传》载:杜黄裳字遵素,京兆杜陵人。拜
平章事,封邠国公。男载,为太子太仆。长庆中,迁太仆少卿兼御
史中丞,充入吐蕃使。载弟胜,登进士第。大中朝,位给事中。王
琦注:"邠字即豳字,唐玄宗以字形类幽,改作邠。"这里的唐儿,不
知是杜载还是杜胜。

　③ 硗硗(qiāo 敲):坚硬貌。 刷:涂抹。 翠:青绿色。古时
女子用螺黛(一种青黑色矿物颜料)画眉,称眉为"翠黛"。这里是
说唐儿眉毛乌黑发亮,像画的一样。

　④ 杜郎:即唐儿。

　⑤ 天庙器:皇帝祭祀天的庙堂中摆设的祭器。借指国家重用

的人才。

　　⑥ 秋水：指眼光明澈。《李邺侯外传》："贺知章尝曰：此稚子目如秋水。"

　　⑦ 梢梢：形容竹叶披散的样子。

　　⑧ 银鸾：王琦认为是指背心上用银色颜料画的鸾鸟，黎简认为是项圈下鸾鸟形状的坠子。二说都通，而黎说似较优。　睒（shǎn 闪）：闪。　半臂：背心。高承《事物纪原》卷三："隋大业中，内官多服半除，即今长袖也。唐高祖减其袖，谓之半臂。"

　　⑨ 对值：配偶。

　　⑩ 书空：在空中写字。刘义庆《世说新语·黜免》："殷中军被废在信安，终日恒书空作字。"　这句是描写女孩子娇羞的心理。

# 绿章封事① 为吴道士夜醮作②

这首诗揭露了在京都一场瘟疫中,富贵人家打醮禳除,闹得天翻地覆,而穷苦的读书人却只有在默默中死去。诗人借用"上书天帝"的方式,愤怒地控诉了这人间的不平。

> 青霓扣额呼宫神,③鸿龙玉狗开天门。④
> 石榴花发满溪津,溪女洗花染白云。⑤
> 绿章封事咨元父,⑥六街马蹄浩无主。⑦
> 虚空风气不清冷,⑧短衣小冠作尘土。⑨
> 金家香巷千轮鸣,⑩扬雄秋室无俗声。⑪
> 愿携汉戟招书鬼,⑫休令恨骨填蒿里。⑬

## 【今译】

> 青霓叩着头,呼唤守护天宫的宫神。
>
> 鸿龙、玉狗听见,就把宫门打开了。
>
> (两句写东方欲晓到天亮时的情景。诗人想
> 象东天上的几朵青色云霓是报晓的使者,
> 将天亮想象为天门打开。)
>
> 石榴花盛开着,开满了溪水两岸。

奉神的少女采下榴花在溪水中洗洗，花朵把
　　白云的倒影都染红了。
（两句写醮事结束，童女采花供奉神祇。）
绿章封事直达天帝之前，向他投诉：
长安的富贵人家都惶惑不安，失了主宰了！
（两句写夜醮的绿章封事已上达天庭，并请求
　　天帝庇佑。）
目下，天地间风色不好，炎蒸暑热，时疫流行，
穷书生们染疫死去，化为尘土……
金家门前的街巷车轮轰鸣，香气飘荡。
扬雄冷落的书斋是没有那些庸俗闹声的。
（两句写富贵人家与穷书生家生活的强烈对
　　比。跟前面写他们在死时的强烈对比，一
　　起揭露了现实的不平。）
我愿携着汉戟去招回那些穷书生的精魂，
不让他们含着怨恨永远埋没在乱坟堆中！
（两句写诗人的悲愤。他借替扬雄招魂，为千百
　　穷苦读书人默默死于这场瘟疫而大声呼救。）

## 【注释】

① 绿章封事：道家用以上奏天帝的奏章。《隋书·经籍志》：

"有诸消灾度厄之法,依阴阳五行数术,推人年命书之,如章表之仪,并具赘币,烧香陈读。云奏上天曹,请为除厄,谓之上章。夜中,于星辰之下,陈设酒脯饼饵币物,历祀天皇太一,祀五星列宿,为书如上章之仪以奏之,名之为醮。"程大昌《演繁露》卷九:"今世上自人主,下至臣庶,用道家科仪奏事于天帝者,皆青藤纸朱字,名为青词绿章,即青词,谓以绿纸为表章也。"《汉书·金日磾传》:"上令吏民得奏封事。"盖封其书函之口,不欲令其事泄露也。

② 醮(jiào 叫):道家一种祈求上帝驱除灾祸的迷信仪式。

③ 青霓:黑色的云彩。 扣额:扣头。

④ 鸿龙玉狗:指看守天宫的神兽。

⑤ 溪女:参与醮事的女童。杜甫《朝献太清宫赋》:"祝融掷火以焚香,溪女捧盘而盥漱。"

⑥ 咨(zī 姿):询问。 元父:天帝。葛洪《枕中书》:"东王公号曰元阳父。"

⑦ 六街马蹄:指长安城中骏马高车的富人们。胡三省《通鉴注》:"长安城中左右六街。" 浩:这里形容繁杂而混乱的空气。

⑧ 风气不清冷:风气不洁净,不清爽。指时疫流行。

⑨ 短衣小冠:指穷苦读书人。

⑩ 金家:指汉武帝的宠臣金日磾。这里作富贵人家的代称。《汉书·金日磾传》:"金日磾夷狄亡国,羁虏汉廷,而以笃敬寤主。忠信自著,勒功上将,传国后嗣,世名忠孝,七世内侍,何其盛也。"王琦注:"夫不举他人,特举金氏,盖以比当世蕃将之受宠者耳。唐自安史乱后,蕃将多有立功者,时君宠之,赐爵晋封,赏赉频及,连骑出入,眩赫一时。长吉见之,不能无感。"

⑪ 扬雄:汉代著名文学家。

⑫ 招书鬼:招扬雄的鬼魂。王琦注:"凡招魂者,必以其生平所亲之物呼其名而招之,使其神识得有所凭依而归来。扬雄在汉

朝为执戟之郎，故携汉戟以招之。"

⑬ 蒿里：古时对坟地的称呼。古《蒿里曲》："蒿里谁家地？聚敛魂魄无贤愚。"

中华聚珍文学丛书——李贺诗今译

# 河南府试十二月乐词（选二）

这是一组应试诗,描写一年十二个月各各特有的景色。其中也表现了诗人对大自然的细致观察力和艺术感受。这里选了描写早春和深秋的两首。

## 正 月

上楼迎春新春归,暗黄著柳宫漏迟。①
薄薄淡霭弄野姿,寒绿幽风生短丝。②
锦床晓卧玉肌冷,③露脸未开对朝暝。④
官街柳带不堪折,⑤早晚菖蒲胜绾结。⑥

【今译】

上楼看看春天回来没有? 啊,春天回来了!
叶芽儿的暗黄色刚染上柳枝,宫漏还懒洋洋
　　地提不起劲来。
又薄又淡的晨雾在原野上笼罩着,飘扬着。
冷瑟瑟的绿色让柔和的晨风拂动,哦,是短短
　　的草长出来了!
锦绣的床上,在这清晨,躺着的美人依旧感觉

得寒冷。

沾着露珠的桃花——骨朵儿还小哩——从早
到晚紧合着。

官街的柳树枝是那么短，还不能攀折相赠。

还要过多久，池塘里的香蒲才可以打个结
儿啊？

## 【注释】

① 宫漏：宫中用以计时的漏壶。参看《浩歌》注。
② 短丝：指小草。
③ 玉肌：玉一般的肌肤。指美女。
④ 露脸：指桃花。
⑤ 官街：大街。
⑥ 菖蒲：《吕氏春秋·任地篇》："冬至后五旬七日，菖始生。
菖者，百草之先生者也。"高诱注："菖蒲，水草。"一说当是"香蒲"之
误，盖以菖蒲不可"绾结"也。《本草》："甘蒲，一名香蒲，丛生水际，
似莞而褊，有脊而柔，春初生出水。"

# 九　月

离宫散萤天似水，<sup>①</sup>竹黄池冷芙蓉死。<sup>②</sup>
月缀金铺光脉脉，<sup>③</sup>凉苑虚庭空淡白。<sup>④</sup>
露花飞飞风草草，翠锦斓斑满层道。<sup>⑤</sup>
鸡人罢唱晓珑璁，<sup>⑥</sup>鸦啼金井下疏桐。<sup>⑦</sup>

中华聚珍文学丛书——李贺诗今译

## 【今译】

离宫中萤火飘荡,夜空像水一般清泠。

竹子枯黄,池水变冷,荷花都凋谢了。

月光聚在门环上,显得多明亮!

清凉的园圃,无人的底院,浮泛着淡淡月色。

露花飘飞,风一阵一阵吹。

黄的绿的叶子仿佛给层层山路铺上了锦。

鸡人报过晓,天色慢慢放亮了。

栖鸦呱呱叫起来,几片桐叶飘下石井台。

## 【注释】

① 离宫:皇帝出外游玩时休息的宫殿。

② 芙蓉:荷花。

③ 金铺:古代大门上的金属环钮。司马相如《长门赋》:"挤玉户以撼金铺。"吕延济注:"金铺,扉上有金花,花中作钮镮以贯锁。"《增韵》:"所以衔环者,作龟蛇之形,以铜为之,故曰金铺。" 脉脉:明亮流走的样子。

④ 苑(yuàn 怨):畜养禽兽供帝王、贵族们游玩打猎的风景园林。

⑤ 层道:一层层的山路。

⑥ 鸡人:皇宫中负责报晓的人。《周礼·春官·鸡人》:"鸡人,大祭祀,夜呼旦以嘂百官。"《汉官仪》:"宫中不得蓄鸡,卫士候

于朱雀门外传鸡唱。" 珑璁(lóng cōng 龙聪)：明洁貌。

⑦ 金井：井栏上有雕饰的井。一般指宫庭园林中的井。李白《赠别舍人弟台卿之江南》诗："梧桐落金井，一叶飞银床。"

# 浩　歌①

　　浩歌，即放声高歌。诗人在他的歌中，对天地、人生和古代英雄——加以否定，抒发了他的愤懑；同时也流露了人生无常，不如及时行乐的不健康的思想情绪。诗中想象丰富、思路跳跃、用意含蓄，手法颇具特色。

　　南风吹山作平地，帝遣天吴移海水。②
　　王母桃花千遍红，③彭祖巫咸几回死。④
　　青毛骢马参差钱，⑤娇春杨柳含细烟。
　　筝人劝我金屈卮，⑥神血未凝身问谁。⑦
　　不须浪饮丁都护，⑧世上英雄本无主。
　　买丝绣作平原君，⑨有酒唯浇赵州土。⑩
　　漏催水咽玉蟾蜍，⑪卫娘发薄不胜梳。⑫
　　看见秋眉换新绿，⑬二十男儿那刺促。⑭

## 【今译】

　　南风吹得高山成了一片平地。
　　上帝派遣天吴移走大海的水。
　　西王母的桃花一千遍绽红了。

彭祖、巫咸死过有好几回吧？

（呵，一切号称永恒者，谁免得了灭亡？）

我的青骢马——黑毛间闪着铜钱大的斑点。

青春焕发的杨柳，含着绿芽，仿如细细的
　烟雾。

弹筝的乐伎曼声低唱，劝我举杯畅饮。

诞生到这世界上之前，我又在哪里？谁能告
　诉我？

（呵，美丽的人生细想起来是何等虚无缥缈！）

"不要狂饮了。收起这《丁都护》曲子吧！

"世上的英雄本无主宰，为什么苦苦追求他？

"不如买丝线绣个平原君的绣像，

"有酒时就敬奠一杯——浇在赵州的土地。"

（呵，事业和声誉细想去又是如此虚无缥缈！）

时光不停——玉蟾蜍吞咽着漏壶的水滴。

卫娘的美发一转眼都薄得承受不住梳子了！

看着衰老的眉毛怎么换掉它的青春光彩……

二十岁的年轻人，你还要这样辛苦屈辱地生
　活吗？

（呵，人生是多么短促，谁免得了死亡？）

中华聚珍文学丛书—李贺诗今译

## 【注释】

① 浩歌：放声高歌。《楚辞·九歌》："临风恍兮浩歌。"

② 帝：指天帝。 天吴：海神。《山海经·海外东经》："朝阳之谷，神曰天吴，是为水伯。在蚕蚕北，两水间。其为兽也，八首人面，八足八尾，背青黄。" 这两句说天地变化。

③ 王母桃花：西王母的仙桃的花。《汉武内传》："王母仙桃三千年一开花，三千年一生实。"

④ 彭祖：古代传说中的长寿者。刘向《列仙传》："彭祖，殷大夫也，姓钱名铿，帝颛顼之孙，陆终氏之子，历夏至殷末八百余岁。常食桂芝，善导引行气，后升仙而去。" 巫咸：传说中的巫师。郭璞《巫咸山赋》："巫咸者，实以鸿术为帝尧医。生为上公，死为贵神。"王逸《楚辞注》："巫咸，古神巫也。" 这两句说时间的流驶不停。

⑤ 青：黑色。 骢马：毛色黑白间杂的马。 参差：错杂不齐的样子。 钱：指圆形的斑点。

⑥ 筝人：弹筝的乐伎。 金屈卮：一种酒器。

⑦ 神血未凝：指未生。《云笈七签》："《内观经》云：天地构精，阴阳布化，人受其生。一月为胞，精血凝也；二月为胎，形兆胚也；三月阳神为三魂，动以生也；四月阴灵为七魄，静镇形也；五月五行分五藏，以安神也；六月六律定六府，用滋灵也；七月七精开窍，通光明也；八月八景神具，降真灵也；九月宫室罗布，以定精也；十月气足，万象成也。元和哺饲，时不停也。太一居脑，总众神也；司命处心，纳生气也；桃康住脐，保精根也；无英居左，制三魂也；白元居右，拘七魄也；所以周身，神不空也。"李商隐《无愁果有愁曲》诗："血凝血散今谁是。"

⑧ 浪饮：随意狂饮。 丁都护：指《丁都护歌》。从《乐府诗集》中所存作品来看，内容都是歌唱行役之苦的。又据说曲调悲

伤。李贺其时正游宦赵地，故听此而倍加伤感。

⑨ 平原君：战国时赵国的公子。以收罗人才闻名，与魏国的信陵君、齐国的孟尝君、楚国的春申君，合称"战国四公子"。其时李贺游于赵地，所以举他作为理想的英雄之主。《史记·平原君列传》："平原君赵胜者，赵之诸公子也。诸子中胜最贤，喜宾客，盖至者数千人。"

⑩ 赵州：即今河北省赵县。

⑪ 漏：古代计时器。叶葱奇注："古时用铜器贮上清水，器上装一铜龙，水从龙口流出，下做一蟾蜍，张口接水，以流入另一壶中，来计算时刻。" 玉蟾蜍：即上述的接水蟾蜍。

⑫ 卫娘：指卫子夫，汉武帝的皇后。据说她的头发很美。《文选·张衡·西京赋》："卫后兴于鬓发。"李善注引《汉武故事》曰："子夫得幸，头解，上见其美发，悦之。" 发薄不胜梳：指随着时间迅速流驶，美人也要迅速变老，头发由丰厚变成稀疏。

⑬ 秋眉：老人的眉毛。 新绿：青年人的眉毛。

⑭ 刺促：局促不得舒展。潘岳《阁道谣》："和峤刺促不得休。"

# 秋　来

　　这首诗抒发了诗人在秋夜读书时涌起来的感想。诗人为封建社会中千千万万穷苦终生的读书人发出了激越的不平之鸣。

桐风惊心壮士苦，<sup>①</sup>衰灯络纬啼寒素。<sup>②</sup>
谁看青简一编书，<sup>③</sup>不遣花虫粉空蠹。<sup>④</sup>
思牵今夜肠应直，<sup>⑤</sup>雨冷香魂吊书客。<sup>⑥</sup>
秋坟鬼唱鲍家诗，<sup>⑦</sup>恨血千年土中碧。<sup>⑧</sup>

## 【今译】

　　梧桐树梢上，风令人不安地喧噪着……
　　壮士心中满溢着悲苦。
　　昏惨的灯，蛐蛐儿不住地啼叫——这萧森无
　　　边的秋夜呵！
　　谁曾见，青简，像这样一编书，
　　不是终究教花虫蛀蚀，变成粉，消灭？
　　这思想牵系着我，今天晚上，我真痛苦极了！
　　雨，冷飒飒地下。美丽的幽灵飘来飘去，陪伴

秋
来

四
三

# 秋　来

　　这首诗抒发了诗人在秋夜读书时涌起来的感想。诗人为封建社会中千千万万穷苦终生的读书人发出了激越的不平之鸣。

桐风惊心壮士苦，[1]衰灯络纬啼寒素。[2]
谁看青简一编书，[3]不遣花虫粉空蠹。[4]
思牵今夜肠应直，[5]雨冷香魂吊书客。[6]
秋坟鬼唱鲍家诗，[7]恨血千年土中碧。[8]

## 【今译】

　　梧桐树梢上，风令人不安地喧噪着……
　　壮士心中满溢着悲苦。
　　昏惨的灯，蛐蛐儿不住地啼叫——这萧森无
　　　边的秋夜呵！
　　谁曾见，青简，像这样一编书，
　　不是终究教花虫蛀蚀，变成粉，消灭？
　　这思想牵系着我，今天晚上，我真痛苦极了！
　　雨，冷飒飒地下。美丽的幽灵飘来飘去，陪伴

着我这孤独的读书人。

我知道他们,在秋的坟地上,惆怅地吟唱那鲍
照的《代蒿里行》……

我知道,他们那充满怨恨的血化作碧玉,永远
埋在泥土中,不能消灭!

## 【注释】

① 桐风:指秋风。 壮士:有抱负的人。

② 衰灯:昏暗不明的灯。 络纬:俗称纺织娘。 寒素:指
秋天。

③ 青简:竹简,古代未有纸之前用来写字。这里是指著作。

④ 花虫:蛀书虫。一名蠹虫。 蠹(dù 度):蛀蚀。

⑤ 肠应直:指痛苦至极。古人把"肠"作为情志的感官,所谓
"愁肠"、"回肠"。

⑥ 香魂:指著书的古人。 吊:相依相伴。李密《陈情表》:
"形影相吊。" 书客:读书人。

⑦ 鲍家诗:指鲍照的《代蒿里行》。诗中用死者的口吻抒述对
人生的恋慕和对死亡的怨恨。

⑧ 《庄子·外物》:"苌弘死于蜀,藏其血三年而化为碧。"

# 帝　子　歌①

　　这首诗描写湘君迎接湘夫人而没有接到,题材取自《楚辞·九歌》。帝子,即湘夫人。从这首诗中,可以看到诗人学习和汲取《楚辞》的刻苦努力。《楚辞》,在影响诗人的艺术风格方面是起了重大作用的。

洞庭明月一千里,②凉风雁啼天在水。
九节菖蒲石上死,③湘神弹琴迎帝子。④
山头老桂吹古香,⑤雌龙怨吟寒水光。⑥
沙浦走鱼白石郎,⑦闲取真珠掷龙堂。⑧

## 【今译】

洞庭湖在明月中摇荡——一千里的波光!
凉爽的风。尖厉的雁叫。碧天,浮在湖上。
石上蜿蜒着九节菖蒲,悄悄枯萎了……
湘君,弹着琴迎接湘夫人——呵,琴声美妙
　　悠扬!
山头,古老的桂树散发着忧郁、苦涩的清
　　香……

雌龙哀怨的长吟，萦绕着。冰冷、闪光的波
　　浪……

沙浦周遭，乱窜的鱼儿追随着白石郎……

百无聊赖，他把珍珠一颗一颗掷向那水中美
　　丽的龙堂。

## 【注释】

①　帝子：湘水女神。《楚辞·九歌·湘夫人》："帝子降兮北
渚。"　这题目与《九歌》之《湘夫人》略同。王琦注云："《山海经》：'洞
庭之山，帝之二女居之，是常游于江渊。澧沅之风，交潇湘之浦，是
在九江之间，出入必以飘风暴雨。'帝，天帝也。以其为天帝之女，故
曰帝子，与《楚辞》所称尧女为帝子者不同。"则以为"帝子"非湘夫人。
但如据王琦说，则解释本诗颇费周折，不如径作"湘夫人"解自然妥帖。

②　洞庭：洞庭湖。在今湖南省境内。《楚辞·九歌·湘夫
人》："袅袅兮秋风，洞庭波兮木叶下。"

③　九节菖蒲：古代传说中的仙草。古诗："石上生菖蒲，一寸
八九节。仙人劝我餐，令我好颜色。"

④　湘神：指湘君。《楚辞·远游》："使湘灵鼓瑟兮，令海若舞
冯夷。"

⑤　古香：因桂树之老，故其香亦老。

⑥　雌龙：王琦注："帝子为女神，故龙言雌龙。"

⑦　白石郎：传说中小水神。《古乐府》："白石郎，临江居，前导
河伯后从鱼。"

⑧　龙堂：传说中河伯的住屋。《楚辞·九歌·河伯》："鱼鳞屋
兮龙堂。"　这句类似《楚辞·九歌·湘夫人》中的："捐余袂兮江
中，遗余褋兮澧浦。……时不可兮骤得，聊逍遥兮容与。"

# 南园十三首（选四）

这是诗人在家乡的南园闲居时候，随手写下的一组诗，或写景或抒情。这里选其中的四首。

## 其　一

诗人用优美的比喻，巧妙的联想，含蓄地传达了惜春的情怀。

> 花枝草蔓眼中开，小白长红越女腮。
> 可怜日暮嫣香落，①嫁与春风不用媒。

【今译】

> 枝头上，草蔓中，眼前一切花朵都盛开了！
> 星星点点的白花，连片成丛的红花，那么鲜妍
> 　　嫩丽，如同江浙女郎的笑脸。
> 唉，真可惜！到黄昏，这些娇美喷香的花朵就
> 　　凋落了。
> 她们匆匆忙忙出嫁——跟随东风飞得远远，
> 　　连媒婆都不用了。

**【注释】**

① 嫣香:指花朵。嫣(yān 烟),娇艳。

<h2 align="center">其　五</h2>

　　这首诗看上去像是一支鼓吹投笔从戎的歌,其实,诗人却是颇不满于当时重武轻文的风气,说的全是反语。

男儿何不带吴钩,<sup>①</sup>收取关山五十州。<sup>②</sup>

请君暂上凌烟阁,<sup>③</sup>若个书生万户侯。<sup>④</sup>

**【今译】**

　　男子汉为什么不挎上锋利的吴钩,

　　去参加那收复河东五十州的战争呵!

　　请你到凌烟阁上去看一看,

　　有哪个摇笔杆子被册封万户侯的吗?

**【注释】**

　　① 吴钩:古代吴地出产的一种弯刀。赵晔《吴越春秋》卷四:"阖庐既宝莫邪,复命于国中作金钩。令曰:'能为善钩者,赏之百金。'吴作钩者甚众。而有人贪王之重赏也,杀其二子,以血衅金,

遂成二钩,献于阖庐。"

② 关山五十州:指当时黄河中下游为藩镇割据的广大地区。
《通鉴》卷二百三十八元和七年:"李绛曰:……今法令所不能制者,
河南北五十余州。"

③ 凌烟阁:唐代皇宫中悬挂功臣画像的地方。刘肃《大唐新
语》卷十一:"贞观十七年,太宗图画太原倡义及秦府功臣:赵公长
孙无忌、河间王孝恭、蔡公杜如晦、郑公魏征、梁公房玄龄、申公高
士廉、鄂公尉迟敬德、郯公张亮、陈公侯君集、卢公程知节、永兴公
虞世南、渝公刘政会、莒公唐俭、英公李勣、胡公秦叔宝等二十四人
于凌烟阁。太宗亲为之赞,褚遂良题阁,阎立本画。"

④ 万户侯:爵位名,食邑万户的列侯。

## 其　　六

在这首小诗中,诗人对自己的理想和现实之间的巨大矛盾
发出了深沉的慨叹。


寻章摘句老雕虫,<sup></sup>①晓月当帘挂玉弓。

不见年年辽海上,②文章何处哭秋风。③


【今译】

　　寻觅词章,摘取文句,一辈子干着这耗费心神
　　　而了无用处的事,有什么意思呵!
　　又是一个不眠之夜,我望着帘外向晓的残

月——它像一张玉弓闲挂着——禁不住沉
思起来。

难道没看见吗？在那建功立业的辽海上，只
需要勇力和快马。

这些个呜呜咽咽的悲秋文章能搁在哪里呵？

## 【注释】

① 寻章摘句：指写作。裴松之《三国志注》引《吴书》曰："不效
书生寻章摘句而已。" 雕虫：指琐屑的小手艺。扬雄《法言·吾子》：
"或问：'吾子少而好赋？'曰：'然。童子雕虫篆刻，壮夫不为也。'"

② 辽海：指辽东半岛。当时是边塞。

③ 哭秋风：悲秋也。宋玉《九辩》："悲哉！秋之为气也。萧瑟
兮，草木摇落而变衰。" 这句暗用宋玉作比，说即使有宋玉那样的
大才也无用处。

## 其　　七

自安史之乱后，唐朝出现藩镇割据的局面，政治上军人当
道，贫士鲜有进身之阶。诗人在此借汉代司马相如和东方朔等
大文豪的遭遇，说自己应该放弃文学，去学做武人。其讽刺意味
是很鲜明的。

长卿牢落悲空舍，①曼倩诙谐取自容。②
见买若耶溪水剑，③明朝归去事猿公。④

中华聚珍文学丛书——李贺诗今译

**【今译】**

　　司马长卿生计困迫,家徒四壁,只有伤心
　　落泪。

　　东方曼倩擅长拿笑话侍奉皇帝,换取一官
　　半职。

　　他们才高八斗,尚且如此。我就更不用说了。

　　倒不如去若耶溪买一把好剑,

　　明日离开京城,向山中寻找猿公,拜他为师。

**【注释】**

　　① 长卿:司马相如,字长卿,汉武帝时最杰出的辞赋、文章家。 牢落:心情落寞。 空舍:空房子。《史记·司马相如列传》:"文君夜亡奔相如。相如乃与驰归成都,家居徒四壁立。"颜师古注:"但有四壁,更无资产。"

　　② 曼倩:东方朔,字曼倩,汉代著名辞赋家,又以说话诙谐、滑稽应世见称。夏侯湛《东方朔传赞》:"明节不可以久安也,故诙谐以取容。"意思说用开玩笑的方式,换取皇帝对他的宽容。

　　③ 若耶溪:在今浙江省绍兴市,名平水江。《越绝书》卷十一:"若耶之溪涸而出铜。"古欧冶子铸剑之所。

　　④ 猿公:传说中剑术高手。《吴越春秋》记载:越有处女,出于南林,受越王之聘,北行见于王。道逢一翁,自称袁公,问处女:"闻子善剑,愿一见之。"于是持杖竹上颉桥,末堕地,女即接之,袁公乃飞上树,化为白猿而去。

# 金铜仙人辞汉歌① 并序

这首诗是诗人最著名的作品之一，历来脍炙人口。他用诗的方式来处理历史题材，显示了惊人的想象力和高度的艺术技巧。诗中的名句——"天若有情天亦老"，就是一个绝好的例子。诗人对求仙的讽刺，也是一目了然的。

魏明帝青龙元年八月，②诏宫官牵车西取汉孝武捧露盘仙人，③欲立置前殿。宫官既拆盘，仙人临载，乃潸然泪下，④唐诸王孙李长吉遂作《金铜仙人辞汉歌》。⑤

茂陵刘郎秋风客，⑥夜闻马嘶晓无迹。⑦
画栏桂树悬秋香，⑧三十六宫土花碧。⑨
魏官牵车指千里，东关酸风射眸子。⑩
空将汉月出宫门，⑪忆君清泪如铅水。⑫
衰兰送客咸阳道，⑬天若有情天亦老。
携盘独出月荒凉，渭城已远波声小。

## 【今译】

茂陵刘郎——汉武帝——如今已成秋风中的

过客。

夜里听见他的马嘶叫徘徊,天亮却又没了
　　踪迹。

画栏间,桂树依旧散发出深秋的香气……

三十六处离宫别馆,滋满了碧绿的滑溜溜的
　　莓苔。

魏官驾着马车,千里迢迢赶来了——

东城门,衰飒的凄风直刮得他们两眼发酸。

铜人辞别他熟悉的汉皇宫,孑身独去。碧月
　　澄照,此刻只有它还是汉时的样子!

他忆起汉武——那个英雄的君王。清莹的
　　泪,像铅水,淌下他的脸颊……

咸阳道旁,兰草都枯萎了。为送别铜人,悲伤
　　成这般模样。

啊,苍天! 你若是有感情,你也要立时变
　　老的!

铜人携着承露盘孤零零地离去,月色一片荒
　　凉……

咸阳远远落在后面了,渭水波浪的喧声也缩
　　成小小一点……

## 【注释】

① 金铜仙人：《三辅黄图》卷三："神明台，武帝造，祭仙人处，上有承露盘，有铜仙人舒掌捧铜盘、玉杯，以承云表之露。"张澍辑《三辅故事》："汉武帝以铜作承露盘，高二十丈，大十围，上有仙人掌承露盘，和玉屑饮，以求仙也。"

② 魏明帝：曹叡。 青龙九年：据叶葱奇注："'九年'今本均作'元年'，乃后人妄改，此从宋本。按曹叡即位第七年春正月，改元青龙，青龙五年春三月，又改元景初，移徙铜人实在景初元年。贺诗序作'九'，乃一时偶误。青龙五年即景初元年。按宋黄朝英《缃素杂记》云，《魏略》曰：'明帝景初元年，徙长安诸钟簴（音巨，悬钟磬之物）、骆驼、铜人承露盘。盘拆，铜人重不可致，留于灞垒。'《汉晋春秋》曰：'帝徙盘，盘拆，声闻数十里。金狄（即铜人）或泣，因留灞垒。'……明帝景初三年崩，则无青龙九年明矣。"

③ 宫官：宦官。

④ 潸：（shān 删）：流泪的样子。

⑤ 唐诸王孙：李贺是唐郑王李元懿的后裔，所以自称如此。

⑥ 茂陵：汉武帝刘彻的陵寝。在今陕西省兴平市东北。 刘郎：刘彻。

⑦ 夜闻马嘶：指汉武帝的鬼魂在夜里乘坐着马车奔驰。

⑧ 画栏：彩绘的栏杆。

⑨ 三十六宫：指汉武帝的旧宫殿。班固《西都赋》："离宫别馆三十六所。" 土花：苔藓。 这四句描写魏明帝时汉旧宫苑的荒废景象，也就是金铜仙人的环境，以下才是写本题。

⑩ 东关：指咸阳城东门。 眸子：眼珠。

⑪ 将：扶持，这里是相伴随的意思。

⑫ 君：指汉武帝刘彻。

⑬ 客：远行者，指铜人。 咸阳：秦朝的都城，汉朝改名渭城。在今陕西省西安市长安区东之渭城故城。

# 马诗二十三首(选十)

在这组咏物诗中,诗人以马作题材,发挥自己对社会人生的杂感。诗中鲜明地传达了诗人的喜怒哀乐,处处透露出他的不屈不挠的斗志和渴望战斗生活的热情。这里选了其中十首。

## 其 一

腊月草根甜,<sup>①</sup>天街雪似盐,<sup>②</sup>
未知口硬软,先拟蒺藜衔。<sup>③</sup>

**【今译】**

> 腊月,草都枯萎了,只有草根——那是甜的。
>
> 京城的大街上,雪下着,盐一般的雪,把草根都
>   盖住了。
>
> 它不知道,嘴碰到的会是尖硬的蒺藜,还是那
>   软和的草根?
>
> 它只是准备着,先咬一咬带尖刺的蒺藜吧!

**【注释】**

① 腊月:农历十二月。

② 天街：京城中的大街。 雪似盐：刘义庆《世说新语·言语》："谢太傅寒雪日内集，与儿女讲论文义。俄而雪骤，公欣然曰：'白雪纷纷何所似?'兄子胡儿曰：'撒盐空中差可拟。'"

③ 拟：打算。 蒺藜：见《春坊正字剑子歌》注。

其　　四

此马非凡马，房星本是星。①
向前敲瘦骨，②犹自带铜声。③

**【今译】**

这匹马不是人间的马。
它是天上的星宿——房星！
上前敲敲它瘦劲的骨头，
嘿！竟然还会发出金属的声响呢。

**【注释】**

① 房星：古代传说天上代表马的星宿，属二十八宿之一。《瑞应图》："马为房星之精。"

② 瘦骨：骏马一般偏瘦不肥。杜甫《房兵曹胡马》诗："胡马大宛名，锋棱瘦骨成。"

③ "犹自"句：极力形容马的骨骼健劲，有如铁打铜铸，并非说马的骨真能敲出响声。

中华聚珍文学丛书——李贺诗今译

## 其　　五

大漠沙如雪,①燕山月似钩。②

何当金络脑,③快走踏清秋。

**【今译】**

　　大漠,平沙莽莽,恍如无边白雪……

　　燕山,冷月一弯,恰似出鞘的吴钩。

　　什么时候能够戴上金丝的络头,

　　飞快地奔跑! 啊,踏遍这明朗的秋!

**【注释】**

　　① 大漠:沙漠。

　　② 燕山:燕然山。即今蒙古人民共和国的杭爱山。　钩:吴钩。
参看《南园十三首》注。

　　③ 金络脑:饰金的马笼头。

## 其　　六

饥卧骨查牙,①粗毛刺破花。②

鬣焦朱色落,③发断锯长麻。④

**【今译】**

　　饥饿的马——躺着,瘦骨嶙峋。

　　粗硬不驯的毛,像一张破碎的绣锦。

　　鬃毛枯焦,朱红的光泽已消褪净尽。

　　额发也断落了,锯断它的,是那长长的麻绳。

**【注释】**

　　① 查牙:又作"楂枒",错杂不齐的样子。
　　② 刺(cì 次):刺绣。
　　③ 鬣(liè 猎):马颈上的毛。
　　④ 发:马额上的毛。 锯:指锉磨。 长麻:麻绳子。 这句说马干的是粗重卑贱的工作。

### 其　　九

　　飂叔去匆匆,<sup>①</sup>如今不豢龙。<sup>②</sup>
　　夜来霜压栈,<sup>③</sup>骏骨折西风。<sup>④</sup>

**【今译】**

　　养龙能手飂叔一去不回,

　　如今没有谁晓得养龙了。

昨夜,厚厚的霜落在马棚上——

骏马的脊骨摧折了,啊!严冷的西风……

## 【注释】

① 飂(liú留)叔:古代传说中的养龙能手。《左传·昭公二十九年》:"昔有飂叔安,有裔子曰董父。实甚好龙,能求其嗜欲以饮食之,龙多归之。乃扰畜龙,以服事帝舜,帝赐之姓曰董,氏曰豢龙。"杜预注:"飂,古国也。叔安,其君名。豢,养也。"

② 豢(huàn患):饲养。这里以豢龙喻养骏马。

③ 栈:马棚。

④ 骏骨:骏马的骨。 折:指冻得像要折断一般,不是真折断。这诗是因骏马的忍饥受寒,叹息失去了真正能体贴它的饲养能手。故后二句是写物,前二句是抒情。

## 其 十

催榜渡乌江,①神骓泣向风。②
君王今解剑,③何处逐英雄。④

## 【今译】

急急忙忙划桨,横渡乌江。

神骓痛哭,向着飒飒秋风……

啊,君王如今解下宝剑——自刎而死。

我到哪儿去寻找这样盖世无双的英雄？

## 【注释】

① 榜：船桨。 乌江：在今安徽和县东北四十里。

② 神骓(zhuī追)：神骏的乌骓马。骓，毛色黑白相杂的马。

③ 君王：指项羽。 解剑：指自杀。

④ 逐：寻求，追随。 关于本诗所写的事，见于《史记·项羽本纪》：项王骏马名骓，常骑之。项王直夜溃围，南出驰走，至东城，乌江亭长檥船待。谓项王曰："江东虽小，地方千里，众数十万人，亦足王也。愿大王急渡！"项王曰："天之亡我，我何渡为？且我与江东子弟八千人渡江而西，今无一人还。纵江东父老怜而王我，我何面目见之？"乃谓亭长曰："吾知公长者。吾骑此马五岁，所当无敌，常一日行千里，不忍杀之。以赐公！"乃自刎而死。

# 其 十 四

香襆赭罗新，<sup>①</sup>盘龙蹙镫鳞。<sup>②</sup>

回看南陌上，谁道不逢春。

## 【今译】

鞍上，赭红罗帕喷香、簇新。

镫上镂刻着盘龙——鳞甲如生！

走在南陌上，它昂首四顾：

"谁说它没遇上春天啊?"

**【注释】**

　　① 香幞(fú伏):又名香罗帕,用以覆盖在马鞍上,骑乘时则把它拿掉。赭(zhě者):红褐色。杜甫《骢马行》诗:"银鞍却覆香罗帕。"
　　② 蹙:指盘龙在镫上盘绕的样子。　鳞:鳞鳞然。指盘龙玲珑浮凸的样子。

其　十　六

唐剑斩隋公,卷毛属太宗。①
莫嫌金甲重,②且去捉飘风。③

**【今译】**

　　　唐军的利剑斩了隋国大公,
　　　卷毛骝如今归属太宗皇帝。
　　　马儿,别嫌他身穿金甲沉重。
　　　快跑呵,去捕捉天上的暴风!

**【注释】**

　　① 二句事见《长安志》:"太宗所乘六骏石像在昭陵后。卷毛骝,

平刘黑闼时所乘,有石真容自拔箭处。赞曰:'月精按辔,天驷横行。弧矢载戢,氛埃廓清。'有中九箭处。"王琦注:"玩诗意,卷毛骀必隋之公侯所乘者。其人既为唐所杀,其马遂为太宗所得。虽事逸无考,而诗语甚明。" 太宗:指唐太宗李世民。

②　金甲:金制的铠甲。

③　飘风:暴风。《诗经·小雅·何人斯》:"彼何人斯,其为飘风。"

# 其　二　十

重围如燕尾,①宝剑似鱼肠。②

欲求千里脚,先采眼中光。③


## 【今译】

双重腰带像燕尾翩翩,

腰间挎的似鱼肠宝剑。

武士呵,想寻求日行千里的快马,

先把它眼中的光彩认辨!


## 【注释】

①　因腰带双重,故末端分叉有如燕尾。

②　鱼肠:剑名。古代著名的宝剑之一。《吴越春秋》卷四:"吴王得越所献宝剑三枚。一曰鱼肠。"高诱《淮南子注》:"鱼肠,文理屈辟若鱼肠者,良剑也。"二句描写了一位武士的形象。

③ 采:选取。　眼中光:贾思勰《齐民要术》卷六:马"目欲大而光。……目中五采尽具,五百里,寿九十年。良多赤,血气也;驽多青,肝气也;走多黄,肠气也;材智多白,骨气也;材多黑,肾气也。"

# 其 二 十 三

武帝爱神仙,<sup>①</sup>烧金得紫烟。<sup>②</sup>
厩中皆肉马,<sup>③</sup>不解上青天。

**【今译】**

汉武帝喜爱神仙,着迷了。

烧掉黄金,得到的——一缕紫烟……

马厩里全是浑身肥肉的马儿,

它们可不懂怎样能上天去啊!

**【注释】**

① 武帝:指汉武帝刘彻。《汉武内传》:"汉孝武皇帝,景帝子也。……及即位,好神仙之道。"
② 烧金:指炼金。是古代方士的骗人把戏。
③ 肉马:这里含有"肥马"和"凡间的马"两重意思。

# 老夫采玉歌

　　这首诗通过一位老采玉工人的血泪控诉,揭露了采玉工人的悲惨状况。诗人独特的浪漫主义风格和老采玉工的满腔悲愤、诗人对他们的深切同情,混成一体,别具一格,给我们提供了一个浪漫主义与现实主义相结合的成功的创作。

采玉采玉须水碧,①琢作步摇徒好色。②
老夫饥寒龙为愁,蓝溪水气无清白。③
夜雨冈头食蓁子,④杜鹃口血老夫泪。⑤
蓝溪之水厌生人,⑥身死千年恨溪水。⑦
斜山柏风雨如啸,泉脚挂绳青袅袅。⑧
村寒白屋念娇婴,⑨古台石磴悬肠草。⑩

## 【今译】

采玉呵,采玉呵,要采水碧玉。
它琢成步摇色泽很美,只是很美罢了。
(采玉,为了王公贵妇们的装饰。)
老汉挨饥受寒。龙也发愁——
蓝溪被闹腾得如此浑浊!

中华聚珍文学丛书—李贺诗今译

（采玉，我们吃尽了苦头。）

黑夜。大雨。在山头露宿，吃榛子充饥……

老汉眼中的泪——杜鹃口里的血！

（采玉，这悲惨的行业。）

蓝溪，你淹死了多少人？你已讨厌了活的人！

蓝溪，你淹死了采玉人。一千年你也流不尽他
  们的怨恨！

（采玉，这死亡的行业呵！）

陡峭的山坡上，柏树林在风雨中呻吟……

挂绳垂入溪水深处，像青丝一般摇曳……

寒怆的小村、茅屋和娇弱的孩子，多么使人
  挂念！

心呵，就像那古台石磴上的悬肠草，纠结缠
  绵……

（采玉，这愁苦的行业呵！）

**【注释】**

① 水碧：碧玉。《山海经·东山经》："耿山，无草木，多水碧。"

② 步摇：用玉制成的一种首饰。《释名》："步摇，上有垂珠，步
则摇动也。"伊世珍《琅嬛记》卷上："人谓步摇为女髻，非也。盖以银
丝宛转屈曲作花枝，插髻后，随步辄摇，以增婀娜，故曰步摇。"

③ 蓝溪：即蓝水。是灞水上源，出陕西省蓝田县蓝田谷。乐史《太平寰宇记》卷二十六："蓝田山，古华胥氏陵，在蓝田县西三十里，一名玉山，一名覆车山。……灞水之源出此。"《三秦记》："有川方三十里，其水北流，出玉。"

④ 榛子：榛的果实，似栗子而较小，可食用或榨油。

⑤ 杜鹃口血：杜甫《杜鹃行》："其声哀痛口流血，所诉何事常区区。"《尔雅翼》卷十四："子巂出蜀中，今所在有之。其大如鸠，以春分先鸣，至夏尤甚，日夜号深林中，口为流血，至章陆子熟乃止。农家候之。……亦曰杜宇，亦曰杜鹃。"这里借以形容悲苦。

⑥ "蓝溪"句：因溪中淹死者多，故说溪水厌恶活人。

⑦ "身死"句：谓淹死者怨恨溪水，不过是一种指责社会现实的含蓄说法。王琦就指出："夫不恨官吏，而恨溪水，微词也。"

⑧ 泉脚：溪水的底部。 挂绳：采玉工用以系在身上潜入溪水深处的绳索。

⑨ 白屋：茅草屋。《汉书·萧望之传》："致白屋之意。"颜师古注："白屋，谓白盖之屋，以茅覆之，贱人所居。"

⑩ 石磴：石级。 悬肠草：《述异记》卷下："悬肠草，一名思子蔓，南中呼为离别草。"王琦注引韦应物《采玉行》"官府征白丁，言采蓝溪玉。绝岭夜无人，深榛雨中宿。独妇饷粮还，哀哀舍南哭"，与本诗内容相近，而诗意与感人的程度俱远不及本诗。

# 黄 家 洞[①]

诗人紧紧抓住“黄家洞蛮”这少数民族的服装特点和地方特色，形象鲜明、色彩生动地刻画出一队出没在自己乡土上的英勇善战的土族战士。诗人最后指出：“官军自杀容州槎。”用官军的残暴和卑怯来作映衬。他的同情，显然是在“黄家洞蛮”的一边。

雀步蹙沙声促促，[②]四尺角弓青石镞。[③]
黑幡三点铜鼓鸣，[④]高作猿啼摇箭箙。[⑤]
彩巾缠踍幅半斜，[⑥]溪头簇队映葛花。
山潭晚雾吟白鼍，[⑦]竹蛇飞蠹射金沙。[⑧]
闲驱竹马缓归家，官军自杀容州槎。[⑨]

**【今译】**

雀子一般蹦踏在沙上，“促促”地响。
四尺角弓、青石箭头——全副武装！
黑幡挥动，铜鼓“咚咚”敲响了。
猿猴似地尖声怪叫，还起劲摇着箭囊。
彩巾缠在小腿上，缠做半斜式样。
溪头，彩衣缤纷的队列和葛花相映……

山潭,黄昏的薄雾里,白鼍的吼叫森然回荡。

还有那躲在暗处的竹蛇飞蠹,突然袭击,令人
    难以提防!

悠然驱着竹马,慢吞吞回家——他们又打了
    胜仗。

官军竟残杀自己容州的老百姓,作为战功去
    请赏!

## 【注释】

　　① 黄家洞:史称"黄洞"或"黄家",当时居住在邕州(即今广西
壮族自治区南宁市邕宁区)一带的一个少数民族。王琦注引《通
鉴》:"(元和十一年)十一月壬戌朔,容管奏黄洞蛮为寇。乙丑,邕管
奏击黄洞蛮,却之,复宾峦等州。十二月己未,容管奏黄洞蛮屠岩
州。"胡三省曰:"黄洞蛮即西原蛮,其属黄氏者,谓之黄洞蛮。"《新唐
书·南蛮列传下》:"西原蛮居广容之南,邕桂之西,有宁氏者,相承
为豪。又有黄氏居黄橙洞,其隶也。其地西接南诏。贞元十年,黄
洞首领黄少卿者,攻邕管,围经略使。孙公器请发岭南兵穷讨之,德
宗不许,命中人招谕,不从。俄陷钦、横、浔、贵四州。少卿子昌沔趫
勇,前后陷十三州,气益振。乃以唐州刺史阳旻为容管招讨经略使,
引师掩贼,一日六七战,皆破之,侵地悉复。元和初,邕州擒其别帅
黄承庆。明年,少卿等归款,拜归顺州刺史。弟少高为有州刺史。
未几复叛。又有黄少度、黄昌瓘二部,陷宾、峦二州,据之。十一年,
攻钦、横二州,邕管经略使韦悦破走之,取宾、峦二州。是岁,复屠岩
州,桂管经略使裴行立轻其军弱,首请发兵尽诛叛者,侥幸有功。宪
宗许之。行立兵出击,弥更二岁,妄奏斩获二万,罔天子为解。自是

邕、容两道,杀伤疾疫,死者十八以上。调费斗亡,繇行立、阳旻二人,当时莫不咎之。"韩愈《上黄家贼事宜状》:"臣去年贬岭外刺史。其州虽与黄家贼不相邻接,然见往来过客并谙知岭外事人,所说至精至熟。其贼并是夷獠,亦无城郭可居。依山傍险,自称洞主,衣服言语,都不似人。寻常亦各营生,急则屯聚相保。比缘邕管经略使多不得人,德既不能绥怀,威又不能临制。侵欺虏缚,以致怨恨。蛮夷之性,易动难安,遂致攻劫州县,侵暴平人。或复私仇,或贪小利,或聚或散,终亦不能为事。" 韩愈所说较为真实地反映了黄家洞少数民族的情况。

② 雀步:跳跃的脚步。 蹙:即蹴,践踏。

③ 四尺角弓:用兽角装饰的弓。《后汉书·东夷列传》:"弓长四尺,力如弩,矢用楛,长一尺八寸,青石为镞。" 镞:箭头。

④ 幡(fān 凡):一种窄长的旗子,垂直悬挂。 三点:摇动。一说是旗上的图案。 铜鼓:铜铸的大鼓。《隋书·地理志下》诸蛮"并铸铜为大鼓,初成,悬于庭中,置酒以招同类。来者有豪富子女,则以金银为大钗,执以叩鼓,竟乃留遗主人,名为铜鼓钗。俗好相杀,多构雠怨,欲相攻则鸣此鼓,到者如云。有鼓者号为'都老',群情推服。"《通典》:"铜鼓铸铜为之,虚其一面,覆而击其上。南夷、扶南、天竺类皆如此。岭南豪家亦有之,大者广丈余。"《蛮司志》疏略云:"都蛮呼铜鼓曰诸葛鼓,相传以为宝器。……鼓有剥蚀,有声响者为上上鼓,易牛千头,次者七八百头,递有等差,藏至二三面者,即得雄视一方,僭称王号。每出劫,击鼓高山,诸蛮顷刻云集,集则椎牛数十头饷蛮,乃出劫,劫数胜,益以鼓为灵。"

⑤ 箙(fú 服):箭袋。郑玄《周礼》注:"箙,盛矢器也,以兽皮为之。"

⑥ 跨:字典无此字,按诗意应是指小腿。 幅半邪:类似现在的绑腿。邪,即斜。《诗经·小雅·采菽》:"赤芾在股,邪幅在下。"吴闿生注:"邪躔于足,谓之邪幅。"

⑦ 鼍(tuó 驼):鳄的一种。俗称猪婆龙。《说文》:"鼍,水虫,似

蜥易,长大。"

⑧ 竹蛇:竹叶青。一种毒蛇,绿色,两侧有黄白色条纹,尾端红褐色。 飞蠹(dù 度):不详何物,或是飞蚂蟥一类的毒虫。 射金沙:指隐伏的袭击。干宝《搜神记》卷十二:"汉光武中平中,有物处于江水,其名'蜮',一曰'短狐',能含沙射人。所中者,则身体筋急,头痛发热,剧者至死。"

⑨ 容州:今广西壮族自治区容县。 槎(chá 查):土著居民的通称。《封氏闻见记》:"近代流俗呼丈夫、妇人纵放不拘礼度者为'槎'。"

中华聚珍文学丛书—李贺诗今译

# 南山田中行

　　这首诗,以"鬼灯如漆点松花"一句所描画的阴森景象而著名。其实,诗人不过将他在深秋月夜山野漫步时获得的印象真实地予以艺术记录罢了。"鬼灯"一句,并没有特别追求恐怖趣味的意图。

秋野明,秋风白,塘水潊潊虫喷喷。①
云根苔藓山上石,②冷红泣露娇啼色。③
荒畦九月稻叉牙,④蛰萤低飞陇径斜。⑤
石脉水流泉滴沙,⑥鬼灯如漆点松花。⑦

## 【今译】

秋的田野,明亮。交混着,秋风和月光……
池塘的水又清又深,草虫儿喷喷鸣唱。
滋生着云气和苔藓——这山上累累的石块呵!
凄冷,暗红,挂着露珠儿——这哭泣的娇花呵!
荒芜的田地,九月,熟透的稻子叉牙倒伏。
即将蛰藏的萤,低低飞过歪歪扭扭的田径。
石头缝隙中渗出泉水,无声滴入沙地上。

鬼火有如墓里的漆灯，忽闪着，在松花之间……

## 【注释】

① 漻漻(liáo 辽)：清深貌。 嘖嘖(zé 责)：虫声。

② 云根：山石。宋孝武《登乐山》诗："屯烟扰风穴，积水溺云根。"《锦绣万花谷》前集卷五："唐人多使云根为石，以云触石而生也。"张协诗："云根临八极，雨足洒四溟。"

③ 冷红：指秋夜月下的山花。因天气冷，故称冷红。

④ 叉牙：长短不齐的样子。

⑤ 蛰(zhé 哲)：指昆虫的冬眠。 陇径：田间小路。

⑥ 石脉：石缝。

⑦ 鬼灯：磷火。 漆：漆灯。古代安置在墓中的一种以石漆（即石油）为燃料的灯。

中华聚珍文学丛书 — 李贺诗今译

# 罗浮山人与葛篇①

　　住在岭南罗浮山的道人送给诗人一段葛布,引起了诗人的奇
想:薄薄的葛布上,刹那间幻化出道人和他的奇异险怪的生活环
境。诗人对葛布的赞美,对道人的感谢,便通过这种"形象思维"
的手法,优美而饱满地抒发了出来。

　　　　依依宜织江雨空,雨中六月兰台风。②
　　　　博罗老仙持出洞,③千岁石床啼鬼工。④
　　　　毒蛇浓吁洞堂湿,江鱼不食衔沙立。
　　　　欲剪湘中一尺天,⑤吴娥莫道吴刀涩。⑥

## 【今译】

　　　　轻柔细软,如同江上的雨若有若无……
　　　　如同六月的兰台风在这雨中吹拂……
　　　　当博罗老仙拿着它走出洞府,
　　　　千岁石床上响起了鬼工的哭声!
　　　　多么酷热的天气——
　　　　毒蛇都深深地躲进潮湿的洞窟,嘘着混浊的
　　　　　气息,

江鱼也停止觅食,把头钻入沙中,身子倒立
　　起来。
真想剪开这葛布(它像湘水中倒映的一尺天
　　空)做件衣衫。
我跟吴娥商量:"请不要推托,说你的剪刀太
　　钝吧!"

## 【注释】

　　①罗浮:罗浮山,在今广东省博罗县境。《太平寰宇记》卷一百
六十:《南越志》云:"增城县东有罗浮山,浮水出焉,是为浮山,与罗
山并体,故曰罗浮。非羽化,莫有登其极者。" 山人:道士的别称。
葛:葛布。一种用麻的纤维织成的布。
　　②依依:轻柔的样子。 兰台风:宋玉《风赋》:"楚襄王游于兰
台之宫,有风飒然而至。王乃披襟而当之,曰:'快哉此风!寡人所
与庶人共者耶?'" 这两句是极力形容葛布的细薄轻盈和给予诗人
的快感。
　　③博罗老仙:指罗浮山人。
　　④千岁石床:洞窟里天然形成的像床一样的石头。 鬼工:鬼
的织工。 诗人想象葛布是由鬼工织成,并想象鬼工因不愿割舍葛
布而啼哭。意思中包含着对葛布之精美的叹赏。
　　⑤湘中一尺天:形容葛布的清爽。
　　⑥吴娥:泛指江浙一带的姑娘。 吴刀:江浙地区出产的剪刀。
涩:不滑利。

# 仁和里杂叙皇甫湜 <small>湜新尉陆浑①</small>

皇甫湜是诗人的好友和较早称赏诗人才华的人。当他离开长安往陆浑赴任,途经洛阳会见诗人的时候,诗人写下这首调子苍凉的诗,记述了这次会见。

大人乞马癯乃寒,②宗人贷宅荒厥垣。③
横庭鼠径空土涩,④出篱大枣垂珠残。⑤
安定美人截黄绶,⑥脱落缨裾暝朝酒。⑦
还家白笔未上头,⑧使我清声落人后。
枉辱称知犯君眼,⑨排引才升强绲断。⑩
洛风送马入长关,⑪阖扇未开逢獧犬。⑫
那知坚都相草草,⑬客枕幽单看春老。⑭
归来骨薄面无膏,疫气冲头鬓茎少。
欲雕小说干天官,⑮宗孙不调为谁怜。⑯
明朝下元复西道,⑰崆峒叙别长如天。⑱

## 【今译】

向大人讨来的马又瘦又寒伧,
向族人租的宅子荒草生满墙。

纵横中庭的鼠径,垢积的尘土。

探出篱笆——大枣,垂挂着,像零落的珠子。

美名远扬的安定人,如今当了一名县尉。

脱下缨褠的朝衣,他从早到晚喝着酒:

"这一回家,连白笔还未簪上头,

"使我的高贵声誉落在人家之后!"

(上面两句是皇甫湜的话,以下是李贺的话。)

"都枉费了,您的称许知遇,您的另眼相看。

"引荐刚开始使我上升,强韧的绳子又断了!

"洛风吹送着我驱马入长安应考,

"闭着的门没打开,倒遇上了恶狗。

"哪知道考官们的选拔又如此草率……

"客中卧病,寂寞孤单,看着春光一日日变老。

"回来了,落得瘦骨一把,脸上光采全无。

"疫气闹得头昏,鬓发也疏落稀少……

"想用心写些小说去干谒吏部的权贵,

"我这皇孙不得调迁,谁为我垂怜?

"明天,下元日,又踏上往西的大道去了。

"在崆峒畅叙别情,这日子有如那天一样的遥
　　远哩!"

中华聚珍文学丛书——李贺诗今译

## 【注释】

① 仁和里：地名，在洛阳城中，当时诗人住在这里。 皇甫湜：《新唐书·皇甫湜传》："湜字持正，睦州新安人。擢进士第，为陆浑尉。仕至工部郎中，辨急使酒，数忤同省，求分司东都。留守裴度辟为判官。" 新尉陆浑：新当了陆浑县尉。陆浑：地名，在今河南省嵩县北。

② 大人：指父辈的长者。 癯（qú 瞿）：瘦瘠。

③ 宗人：同族的亲属。 厥：它。指宅子。

④ 涩（sè 色）：不光滑。这里形容污泥堆积的样子。

⑤ 垂珠：《三国志·乌丸鲜卑东夷传》："其国（指扶余）善养牲，出名马、赤玉、貂狖、美珠。珠大者如酸枣。"这里则以珠形容枣。

⑥ 安定：在今甘肃省泾川县北五里。一说在甘肃省固原县。美人：有美好声誉的人，这里指皇甫湜。《诗·鄘风·桑中》："云谁之思，西方美人。"笺："思周室之贤者。"王琦注："后汉皇甫规、皇甫嵩皆安定朝那人。今湜虽占籍睦州，而族望本自安定，故谓安定美人。" 黄绶：县尉用的标志官阶的绶带。唐代没有黄绶的服制，这是借用汉代的。颜师古《汉书注》："丞尉职卑皆黄绶。"

⑦ 缨裾：帽带和衣襟。这里指官服。 暝：夜晚。 这句写皇甫湜的狂放不羁。

⑧ 白笔：一种标志官阶的装饰。《新唐书·车服志》："七品以上以白笔代簪，八品九品去白笔。"皇甫湜当县尉，是九品官，所以说"白笔未上头"。

⑨ 犯君眼：冒犯了您的眼。这是谦逊的说法，意思是"蒙您对我另眼相看"。

⑩ 强绠（gěng 更）：有力的绳索。比喻皇甫湜的荐拔。

⑪ 长关：指长安。

⑫ 阖扇：门扇。《礼记训纂》卷六："耕者少舍，乃修阖扇。"注：

《说文》:"阖,门扇也。一曰闭也。扇,扉也。扉,户扇也。" 猰(yà
亚)犬:恶狗。《楚辞·九辨》:"岂不郁陶而思君兮,君之门以九重。
猛犬狺狺而迎吠兮,关梁闭而不通。"诗意相近。诗人在应进士考试
时惹起过一场风波,事见于韩愈《讳辩》:"愈与李贺书,劝贺举进士。
贺举进士有名,与贺争名者毁之曰:'贺父名晋肃,贺不举进士为是,
劝之者为非。'"《旧唐书》《新唐书》都说李贺没有参加应试。但从本
诗来看,李贺其实是应试失败。

⑬ 坚都:指考官。吴汝纶注:"刀坚、丁君都,古善相马者。"
相:相马。这里指选拔考生。

⑭ 看春老:盼望春天过去。春末是考生回家的时候,详见《送
沈亚之歌》注。

⑮ 干天官:干谒天官。《庄子·外物篇》:"饰小说以干县令。"
指写些表现文才的文章送给上司以求赏识提拔。 天官:主管官吏
的部门。《白帖》:"吏部为天官。"

⑯ 宗孙:皇族的后裔。李贺是郑王的后代,所以自称如此。
调:升迁。

⑰ 明朝:以后的一天,不一定指"明天"。 下元:十月十五日。
西道:指去长安的路。

⑱ 崆峒(kōng tóng 空同):山名。在今河南省临汝县。王琦
注:"《太平寰宇记》:禹迹之内,山名崆峒者有三:一在临洮,一在安
定,一在汝州。时湜方仕陆浑,陆浑与汝州相近。殆指汝州之崆
峒耶?"

# 宫　娃　歌①

　　这首诗属于《宫词》一类，是描写宫女生活的。很显然，诗人站在宫女们一边，替她们的不幸命运鸣不平。诗中通过一个宫女在深夜醒来的活动，异常动人地展现了她们寂寞凄怨的情怀和渴求自由的热望。诗人运用大量特写镜头，细腻地描绘了王宫拂晓之前那特有的富丽而冷清的景象，同时又交融着宫女们的感受、行动和心理变化。是善用形象思维的一例。

　　蜡光高悬照纱空，花房夜捣红守宫。②
　　象口吹香毹毷暖，③七星挂城闻漏板。④
　　寒入罘罳殿影昏，⑤彩鸾帘额著霜痕。⑥
　　啼蛄吊月钩栏下，⑦屈膝铜铺锁阿甄。⑧
　　梦入家门上沙渚，天河落处长洲路。⑨
　　愿君光明如太阳，放妾骑鱼撇波去。

## 【今译】

　　高悬的烛光辉照着薄薄的纱帐，
　　（呵，她醒了。）
　　花房里捣制红守宫的杵声在静夜里飘荡……

（呵，这单调而冷酷的杵声！）

铜象口吐薰香，毛毯软和温暖。

（再睡一会儿吧！可是，她起了床。）

北斗七星斜挂城楼，听得漏板一声一声正敲响

    着……

（她走到门口去。）

黎明的寒气直透进网户来，宫殿的阴影愈加

    昏沉。

（好冷！她抬头看，哦，原来下霜了——）

绣着彩鸾的帘额结上一重霜，在薄暗之中

    闪亮。

（她走到栏杆旁。）

月亮正沉下去，钩栏下，一个蝼蛄悠长地悲鸣

    着……

（呵，这凄凉、寂寞的夜晚！）

大门紧闭，铜铺和铰链锁住可怜的姑娘。

（她倚在栏杆上，哭了。）

她刚做了个梦，她回到家——踏上那熟悉的沙

    渚，走进了家门！

（呵，为什么竟是一场梦？）

望着天河沉落天边——那边就是长洲，回家的
　　路很长很远……

（呵，太阳升起来了。）

"但愿皇上光明普照像这升起的太阳。

（升起来吧，太阳！）

"放我回去，我要骑着鱼儿飞一般掠过那万里
　　波涛！"

（呵，升起来吧，太阳！）

## 【注释】

① 宫娃：宫中美女。

② 红守宫：红色的蜥蜴。张华《博物志》卷四："蜥蜴，或名蝘蜓，以器养之，食以丹砂，体尽赤。所食满七斤，治捣万杵。点女人肢体，终身不灭，惟房室事则灭。故号守宫。" 这句诗暗指宫禁的森严。

③ 象口吹香：象型香炉，香烟从象口喷出。《香谱》卷四："香兽以涂金为狻猊、麒麟、凫鸭之状，空中以焚香，使烟以口出，以为玩好。复有雕木埏土为之者。" 氍毹(tà dēng 塌登)：毛织地毯。《后汉书·西域传》载天竺国有"好氍毹"。李贤注引《坤苍》："毛席也。"又引《释名》："施之承大床前小榻上，登上以上床也。"一说系波斯语 taftan 之音译。产天竺、大秦等地。

④ 漏板：这里是指报时的漏板声。王琦注："漏板以铜为之，随更鼓而击，以为每更深浅之节。"

⑤ 罘罳(fú sī 浮思)：《说文》："罘，隐屏也。"《汉书·文帝纪》：

"未央宫东阙罘罳灾。"颜师古注:"罘罳,谓连阙曲阁也。以覆重刻垣墉之处。"《古今注》:"罘罳,屏之遗像也。臣来朝君,行至门内屏外,复应思惟。罘罳,复思也。汉西京罘罳合板为之,亦筑土为之,每门阙殿舍前皆有焉。于今郡国厅前亦树之。"《酉阳杂俎》:"士林间多呼殿檐桷护雀网为罘罳,其浅误也如此。"胡三省《通鉴注》:"唐宫殿中,罘罳以丝为之,状如网,以捍燕雀。非如汉宫阙之罘罳也。"又云:"合诸说观之,汉之罘罳,屏阙之异名;唐之罘罳,网户之别号。此诗所谓罘罳者,是指捍护鸟雀之网户。但网户亦有二种:其一镂木为之,其中疏通可以透明,或为方空,或为连琐,今之格亮之类;其一结线为之,如今之鱼网之类。"

⑥ 彩鸾帘额:绣着彩色鸾鸟的门帘上的横额。

⑦ 啼蛄:即蝼蛄。一种短翅四足的小昆虫。寇宗奭《本草衍义》:"此虫立夏后,至夜则鸣,《月令》谓之蝼蝈鸣者是矣。其声如蚯蚓。" 钩栏:随地势高下曲折的栏杆。 吊月:在月下鸣叫。

⑧ 屈膝:铰链。梁简文帝《乌栖曲》诗:"织成屏风金屈膝。"陆友《研北杂志》卷下:"金铺为门饰,屈膝盖铰链。上二乘者为锯,下三衡者为钺云。"王琦注:"屈膝是门与柱相交处之拳钉,其形折曲若人膝之屈者然,故曰屈膝。" 铜铺:门上的兽面环钮。 阿甄:指失宠的宫女。王琦注:"魏文帝之甄夫人,初入宫有宠,后以郭后、李阴贵人并得幸,遂失意幽闭。六朝时称妇人多以阿字冠其姓上。如《南史》齐高帝称周盘龙爱妾杜氏曰阿杜是也。"

⑨ 长洲:旧县名。明清时为江苏苏州府治。

# 致　酒　行①

　　诗人在穷愁潦倒之中借酒消闷。酒店主人敬他一杯酒,并且给了他一番劝勉,引起诗人的感悟。"年轻人应该有远大的抱负,坐在阴暗角落里自嗟自叹是无补于事的。"诗人在他短短的一生中常常发出这种呼喊。可是他始终不能摆脱这种命运,因为唐朝已到了那样一个时代——一个正走着下坡路的没落时代。

　　零落栖迟一杯酒,②主人奉觞客长寿。③
　　主父西游困不归,④家人折断门前柳。⑤
　　吾闻马周昔作新丰客,⑥天荒地老无人识。⑦
　　空将笺上两行书,直犯龙颜请恩泽。⑧
　　我有迷魂招不得,雄鸡一声天下白。
　　少年心事当拏云,⑨谁念幽寒坐呜呃。⑩

## 【今译】

　　飘零流落、搁浅般的生活中,这一杯酒——
　　店主人举着这杯酒说:"客官,祝您长寿!
　　"主父偃西游长安,也曾困蹶长久不归,
　　"家里人日日盼望,折尽了门前的青青垂柳。

"我还听说,马周昔日作客新丰,独自喝酒……

"他原是无名之辈,也没有达官贵人赏识他。

"就这么一个人,凭空地,拿着——白纸上两
　　行字,

"他直犯龙颜,请求恩泽。结果名满天下!"

我那迷路的魂灵,在黑夜里徘徊的魂灵。

听呀,这岂不像一声雄鸡,天地豁然大亮,黑暗
　　已逃遁了!

年轻人的理想,应当是高举入云,展翅万里。

谁把躲在角落悲叹的可怜虫放在心上呵?

## 【注释】

① 致酒:祝酒。此诗主要是记述酒店主人向诗人祝酒的一番话。因以为题目。 王琦注:"《文苑英华》录此诗,题下有'至日长安里中作'七字。本集无之。"从本诗内容看,当以有为是。观"主父""马周",都是曾困于长安者。

② 栖迟:滞留,停顿。

③ 觞(shāng 伤):一种酒器。

④ 主父:主父偃。《汉书·平津侯主父传》:"主父偃,齐国临淄人也……游齐诸子间,诸儒生相与排摈,不容于齐,家贫,假贷无所得,北游燕、赵、中山,皆莫能厚,客甚困……乃西入关,见卫将军。卫将军数言上;上不省。资用乏,留久,诸侯宾客多厌之。"

⑤ 折断门前柳:唐代有折柳枝怀念远人的风俗。欧阳瑾《折杨

柳》诗:"垂柳拂妆台,蕤蕤叶半开。年华枝上见,边思曲中来。嫩色宜新雨,轻花伴落梅。朝朝倦攀折,征戍几时回。"张九龄《折杨柳》诗:"纤纤折杨柳,持此寄情人。一枝何足贵,怜是故园春。迟景那能久,流芳不及新。更愁征戍客,鬓老边城尘。"

⑥ 马周:《旧唐书·马周传》:马周"西游长安,宿于新丰逆旅。主人唯供诸商贩而不顾待周,遂命酒一斗八升,悠然独酌,主人深异之。至京师,舍于中郎将常何之家。贞观三年,太宗令百僚上书言得失。何以武吏不涉经学,周乃为何陈便宜二十余事,令奏之,事皆合旨。太宗怪其能,问何,何对曰:'此非臣所能,家客马周具草也。'……太宗即日召之,未至间,遣使催促者数四。及谒见,与语甚悦,令直门下省,六年授监察御史。" 新丰:在今陕西省西安市临潼区东北。

⑦ 天荒地老:是说亘古未开化。比喻马周从未知名,默默无闻。孙光宪《北梦琐言》卷四:"荆州每岁解送举人,多不成名,号曰'天荒'。至刘蜕舍人以荆解及第,为'破天荒'。"

⑧ 犯龙颜:冒犯皇上的威仪。龙颜:皇帝的代称。原出《史记·高祖本纪》:"高祖为人,隆准而龙颜。"是说刘邦脸型似龙脸。后成为皇帝专用的词。 恩泽:指赏识,提拔之类的恩赐。 以上六句是店主人的祝酒辞。他用"主父"、"马周"两个成功人物曾在长安困迫过的例子,劝勉诗人不要为眼前的挫折压倒。

⑨ 拏:即"拿"。

⑩ 呜呃:诉怨,嗟叹。 以上四句是诗人听了店主人一席话以后的感受和觉悟。

# 长歌续短歌①

古乐府里有《短歌行》和《长歌行》，都是以感叹人生短促，当及时自勉为内容的。本诗题为《长歌续短歌》，内容也相类。而形式上则兼有二者：以前四句作一短歌，写出"秦王不可见，旦夕成内热"的主题；以后十句作一长歌，反复地咏叹这个主题。诗人对古乐府的继承与创新，于此可见一斑。

> 长歌破衣襟，短歌断白发。②
> 秦王不可见，③旦夕成内热。④
> 渴饮壶中酒，饥拔陇头粟。
> 凄凉四月阑，千里一时绿。
> 夜峰何离离，⑤明月落石底，⑥
> 徘徊沿石寻，照出高峰外。
> 不得与之游，⑦歌成鬓先改。

## 【今译】

> 一曲长歌——歌唱我这破旧的衣裳，
> 一曲短歌——歌唱我这断落的白发，
> 英雄的秦王在哪儿呢？不能见到他，

中华聚珍文学丛书——李贺诗今译

连日连夜的渴念煎熬着我！

（四句为一节，是总起。陈述自己的苦况和对
　　秦王的渴望。）

渴了，喝壶中的酒。

饿了，拔陇头的小米……

多么凄凉呵！这四月将尽的时候，

千里大地一时变成了深绿——百花都凋谢了！

（四句为一节，是接续。申述自己的苦况，前
　　二句写贫困，后二句写华年将逝。）

夜的山峰，多么轮廓分明。

明月就落在溪涧的石底——

走来走去，沿着石岸寻找……

呵，它却原来辉照在高峰之外！

（四句为一节，是接续。伸述对秦王的渴望：
　　运用了比兴手法。）

不能够跟他交往、共事。

一支歌唱完，鬓发早又白了几分！

（二句为一节，是终结。回应主题，归结全诗。）

## 【注释】

① 长歌续短歌：古乐府有《长歌行》《短歌行》。王琦注："或谓

《长歌》《短歌》者,以人生寿命长短之分,或谓歌声有长短之别,未知孰是。傅玄《艳歌行》曰'咄来长歌续短歌',则以歌之长声短声言也。长吉命题盖出于此。" 这里就字面解,还可说是"短歌之后,续以长歌"。

② 断白发:诗人早生白发。白发早生,是忧苦之征。

③ 秦王:指唐太宗。即位前封为秦王。

④ 内热:形容忧愁焦虑。《庄子·人间世》:"我其内热欤?"杜甫诗《自京赴奉先县咏怀五百字》:"穷年忧黎元,叹息肠内热。"

⑤ 离离:罗列分明的样子。

⑥ "明月"句:谓明月的影落在溪涧的石底。

⑦ 之:指秦王。 游:追随,共事。

# 公莫舞歌①并序

诗人运用诗的高度艺术的概括力,重现了"鸿门宴"这一著名的历史事件。诗中生动地描绘了鸿门宴上的豪华而险恶的局面,诗人要特意给以歌颂的英雄樊哙在宴席上那一篇义正辞严的答辩也获得出色的艺术再现。

《公莫舞歌》者,咏项伯翼蔽刘沛公也。②会中壮士,③灼灼于人,④故无复书,⑤且南北乐府率有歌引。⑥贺陋诸家,⑦今重作《公莫舞歌》云。

方花古础排九楹,⑧刺豹淋血盛银罂。⑨

军筵鼓吹无桐竹,⑩长刀直立割鸣筝。

横楣粗锦生红纬,⑪日炙锦嫣王未醉。⑫

腰下三看宝玦光,⑬项庄掉箾拦前起。⑭

材官小臣公莫舞,⑮座上真人赤龙子。⑯

芒砀云瑞抱天回,⑰咸阳王气清如水。⑱

铁枢铁楗重束关,⑲大旗五丈撞双镮。⑳

汉王今日须秦印,㉑绝膑刳肠臣不论。㉒

公 莫 舞 歌

方花图案,古老石础,一字儿排开九条立柱。

刺杀斑豹,淋漓鲜血,直注入银质的酒瓶。

军中宴会,没有热闹的乐队吹吹打打。

只有长刀直立,刀光灼灼,割裂着孤独的鸣筝
 之声!

门楣上,横幅粗锦,焕发出鲜红的纹彩。

太阳烤得这锦枯焦了,王还未有醉意。

那是谁?从腰下,看哪——是宝玦的阴森
 的光!

项庄掉过剑鞘,长剑一拦,在宴席前舞起……

"材官,你这小人物,你别蹦跶了!

"你想暗算的座上客,他是真人赤龙子啊!

"芒砀山的祥云瑞霭环抱青天,萦绕回旋……

"咸阳城的秦家王气淡若清水,消亡殆尽。

"那座用铁枢铁键重重紧锁的函谷关,

"我汉兵的五丈大旗,叩关破门,长驱直进。

"汉王今日理所当然执掌着秦印。

"我保卫他,砍掉腿,挖出肠子,我全不在乎!"

## 【注释】

① 公莫舞歌：《宋书·乐志》："公莫舞，今之巾舞也。相传项庄剑舞，项伯以袖隔之，使不得害汉高祖。且语庄云：'公莫。'古人相呼曰公，云莫害汉王也。今之用巾，盖像项伯衣袖之遗式。"

② 翼蔽：掩护。 刘沛公：刘邦。

③ 会：指鸿门宴。 壮士：刘邦手下大将樊哙。

④ 灼灼：显赫，鲜明。

⑤ 故无复书：所以不再描写（记述）。

⑥《公莫舞歌》除本诗外，俱已失传。所以无法知道具体内容。

⑦ 陋诸家：认为众位诗家的见解浅狭、不当。

⑧ 础：柱子的基石。 楹：堂屋前部的柱子。

⑨ 罂（yīng 英）：小口大腹的酒瓶。 以禽兽血混入酒中喝，是古时一种豪犷的风气。

⑩ 鼓吹：指乐奏。 桐竹：桐，指琴瑟之类。竹，指笙箫之类。统指细乐。

⑪ 楣：门上的横梁。 红纬：红色的横纹。

⑫ 日炙锦嫣：形容时间过了很长。 王未醉：刻画项羽意不在酒，别有心事的神情。

⑬ 玦：带缺口的玉环。《史记·项羽本纪》："范增数目项王，举所佩玉玦以示之者三，项王默然不应。范增起，出，召项庄谓曰：'君王为人不忍。若入前为寿，寿毕，请以剑舞，因击沛公于座，杀之。不者，若属且皆为所虏。'庄则入为寿。寿毕，曰：'军中无以为乐，请以剑舞。'项王曰：'诺。'项庄拔剑起舞，项伯亦拔剑起舞，常以身蔽翼沛公，庄不得击。"

⑭ 掉鞘：指拔剑。王琦注："鞘音宵，又音朔。作乐时舞者所执竿也，又以竿击人亦曰鞘，皆与剑无涉。此盖'削'字之讹。削音笑，刀剑之室。《释文》'刀室曰削'是也。今作'鞘'。"

⑮ 材官：勇力之官。《汉书·晁错传》：“材官驺发。”薛瓒曰：
“材官，骑射之官也。”颜师古曰：“材官，有材力者。”这里指项庄。
从这句起直到结尾，是模拟樊哙口吻说话。

⑯ 真人：仙人，神人。　赤龙子：即赤帝子的变称。参看《春
坊正字剑子歌》注。

⑰ 芒砀：芒山和砀山。在今江苏省砀山县东南。《史记·高
祖本纪》：“秦始皇帝常曰：‘东南有天子气。’于是因东游以厌之。
高祖即自疑，亡匿，隐于芒砀山泽岩石之间。吕后与人俱求，常得
之。高祖怪问之，吕后曰：‘季所居上常有云气。故从往常得季。’
高祖心喜。”　这句说芒砀的瑞云已扩展满天，喻汉王大势已成。

⑱ 咸阳：秦王朝的都城。　这句说秦朝的王气衰落，大势
已去。

⑲ 枢：门臼，以合门轴者。　楗：门闩。　这句比喻秦兵的守
卫坚固。

⑳ 双镮：门上的环。这里借指门。　这句描写汉军的锐不
可当。

㉑ “汉王”句：谓现在汉王是掌握着秦地领导权的理所当然的
人。因为楚怀王孙心当初派遣诸将攻秦时约定，谁先攻进咸阳，谁
就当秦地的王。事实是汉王军先入咸阳，所以樊哙这样说。

㉒ 膑：膝盖骨。　刳（kū枯）：剖开，挖空。　臣：指樊哙自己。
不论：不争辩。　这句表示樊哙要冒死抗争，以保护汉王的决心。

# 昌谷北园新笋四首①（选一）

这首诗抒写了不见知音赏识的孤寂者的悲哀。诗人采取竹林含着露滴在雨雾中如泣如诉的幽美情景，运用比兴手法，大大增添了抒情的感人力量。

斫取青光写楚辞，②腻香春粉黑离离。③
无情有恨何人见，④露压烟啼千万枝。

## 【今译】

斫去它青色的幽光写上我悲愤的诗——
浓重的芳香、细嫩的春粉、鲜明的墨迹。
它是无情的？是含着怨恨的？有谁看见？
呵！我这千万杆含着露水，仿佛在烟雾中啼
　　哭的竹枝……

## 【注释】

　　① 昌谷：在福昌县，即今河南省宜阳县。是诗人的家乡。 北园：诗人读书的地方。
　　② 斫(zhuó 啄)：刮削。 楚辞：这里借指诗人自己的作品。诗人有将自己的作品写在竹枝上的癖好，他在《南园十三首》中曾

说:"舍南有竹堪书字。"可以作证。

　　③ 春粉：新生竹子上带着的粉痕。　黑离离：描写字迹清晰分明。

　　④ 无情：指竹。　有根：指写在竹上的诗。

# 感讽五首（选二）

## 其 一

　　这首诗通过记述江浙地方上县官和簿吏向织妇催迫赋税的事实，揭露了当时人民遭受的沉重剥削和无理敲诈。诗人对那帮吸血鬼也给予了无情的鞭挞和讽刺。

　　　合浦无明珠，<sup>①</sup>龙洲无木奴。<sup>②</sup>
　　　足知造化力，<sup>③</sup>不给使君须。<sup>④</sup>
　　　越妇未织作，吴蚕始蠕蠕。<sup>⑤</sup>
　　　县官骑马来，狞色虬紫须。<sup>⑥</sup>
　　　怀中一方板，<sup>⑦</sup>板上数行书。
　　　不因使君怒，焉得诣尔庐。
　　　越妇拜县官，桑芽今尚小。
　　　会待春日晏，丝车方掷掉。<sup>⑧</sup>
　　　越妇通言语，小姑具黄粱。
　　　县官踏飧去，<sup>⑨</sup>簿吏复登堂。

**【今译】**

　　　合浦都没有明珠了！

感讽五首

九五

龙洲都没有橘树了！

这就足以明白：大自然的力量

都不能供给使君的需求了。

越妇未曾开始纺织工作，

吴蚕还刚会蠕蠕爬动呢，

县官就骑着马催租税来了——

恶狠狠的神气，一脸紫色的络腮胡子。

从怀中掏摸出一块纸片，

纸片上写着几行字，他说：

"要不是因为使君发了脾气，

"我哪用上你家来跑这趟差?!"

越妇给县官下拜行礼，说：

"桑树的叶芽儿现下还小呢，

"得等到春天快过完，那时候

"丝车才能开动起来……"

越妇给县官陪着好话，

小姑赶紧准备黄粱米饭。

县官饱吃一顿，摇摇摆摆去消化饭食了。

簿吏却又来到她们的家中……

**【注释】**

① 合浦：汉代郡名，含徐闻、高凉、合浦、临允、朱卢五县。治所在徐闻，即今广东海康县。《后汉书·循吏传》："(孟尝)迁合浦太守，郡不产谷实，而海出珠宝。与交阯比境，常通商贩，贸籴粮食。先时，宰守并多贪秽，诡人采求，不知纪极，珠逐渐徙于交阯郡界。于是行旅不至，人物无资，贫者饿死于道。尝到官，革易前弊，求民利病。曾未逾岁，去珠复还，百姓皆反其业，商货流通，称为神明。"这里借用来讽刺"使君"的贪秽。

② 无木奴：《三国志·吴志·孙休传》注引《襄阳记》："李衡每欲治家，妻辄不听。后密遣客十人于武陵、龙阳、汜洲上作宅，种甘橘千株。临死，敕儿曰：'汝母恶我治家，故穷如是。然吾州里有千头木奴，不责汝衣食，岁上一匹绢，亦可足用耳。'衡亡后二十余日，儿以白母。母曰：'此当是种甘橘也。汝家失十户客来七八年，必汝父遣为宅。汝父恒称太史公言："江陵千树橘，当封君家。"吾答曰："且人患无德义，不患不富。若贵而能贫，方好耳，用此何为？"'吴末，衡甘橘成，岁岁得绢数千匹，家道殷足。晋咸康中，其宅址枯树犹在。"这里借用来说贪官弄得民生凋敝。

③ 造化：大自然。

④ 使君：指郡太守。 须：需求。

⑤ 吴蚕：指江浙一带的蚕。

⑥ 狞(níng 宁)：恶狠狠的样子。 虬(qiú 求)：一种胡须卷曲的龙。虬须则指卷曲的络腮胡子。

⑦ 方板：古代书写用的木板。这里指收税通知。

⑧ 掷掉：指丝车开动。

⑨ 踏飧：行食也，饭后散步以助消化。 飧(sūn 孙)：熟食。

# 其 二

在这首诗中,诗人就汉朝贾生的遭遇抒发了自己的幽愤。诗以四句做一层意思,层层深入地展示这幽愤。在最后四句中,诗人指出在号称"睿哲"的汉文帝时代,怀有奇俊之才的青年贾谊尚且得到这样的遭遇,言下是颇为沉重的。

奇俊无少年,<sup>①</sup>日车何躃躃。<sup>②</sup>
我待纡双绶,<sup>③</sup>遗我星星发。<sup>④</sup>
都门贾生墓,<sup>⑤</sup>青蝇久断绝。<sup>⑥</sup>
寒食摇扬天,<sup>⑦</sup>愤景长肃杀。<sup>⑧</sup>
皇汉十二帝,<sup>⑨</sup>唯帝称睿哲。<sup>⑩</sup>
一夕信竖儿,<sup>⑪</sup>文明永沦歇。<sup>⑫</sup>

## 【今译】

奇才俊杰是没有年轻人的。
啊,太阳你走得多么缓慢!
我等待升做八品官,好披上双绶。
快使我衰老吧,给我斑白的头发!
都门外,在贾生的墓地上——
诽谤的苍蝇们早已销声匿迹了。

而在寒食节,百花飘零的天气,

它冷峻的气象,永远是萧索悲凉!

堂堂汉朝,十二位皇帝之中,

只有汉文帝,他称得是聪敏明察。

多么不幸啊!一旦偏信了小人,

无限光明的政治局面就永远失掉了。

## 【注释】

①《史记·屈原贾生列传》:"于是天子议以为贾生任公卿之位。绛、灌、东阳侯、冯敬之属尽害之,乃短贾生曰:'雒阳之人,年少初学,专欲擅权,纷乱诸事。'"即此句所本。

② 日车:指太阳。李尤《九曲歌》:"年岁晚暮时已斜,安得壮士翻日车。" 蹩躃(bì 壁):蹩,瘸腿。《礼记·王制》:"瘖聋跛蹩。"《释文》:"蹩,两足不能行也。"蹩躃,即行动艰难的样子。

③ 纡(yū 迂):屈曲、旋绕。 双绶:唐朝六品以下八品以上官员朝见皇帝或太子时用的服饰。《唐会要》卷三十一《舆服上》:"朔望朝谒,及见东宫则服之;六品以下,去纷鞶囊,皆双绶。" 诗人只当过一名奉礼郎,官阶是从九品上,所以说这话。

④ 星星发:花白的头发。 四句是愤激不平的话。大意是说,既然年轻人不受重视,我真恨时光走得太慢。但愿它走快些,使我头上出现白发,就可以升一级官阶了。写"讽"。

⑤ 都门:京都的城门。 贾生:贾谊。《史记·屈原贾生列传》:"贾生名谊,雒阳人也。年十八,以能诵诗属书闻于郡中。……文帝召以为博士,是时贾生年二十余。……孝文帝说之,超迁,一岁中至太中大夫。……于是天子议以为贾生任公卿之位。

绛、灌、东阳侯、冯敬之属尽害之,乃短贾生曰:'雒阳之人,年少初学,专欲擅权,纷乱诸事。'于是天子后亦疏之,不用其议,乃以贾生为长沙王太傅。"

⑥ 青蝇:指进谗言的小人。《诗·小雅·青蝇》:"营营青蝇,止于樊,岂弟君子,无信谗言。"

⑦ 寒食:宗懔《荆楚岁时记》:"去冬节一百五日,即有疾风甚雨,谓之寒食。"注:"据历合在清明前二日。" 摇扬:摇落飘扬。

⑧ 四句写实景以抒情。写"感"。

⑨ 十二帝:王琦注:"西汉起高帝,历惠帝、文帝、景帝、武帝、昭帝、宣帝、元帝、成帝、哀帝、平帝而止,凡十一帝。而云十二帝者,中间盖连高后所立之少帝言也。"

⑩ 帝:指汉文帝。 睿(ruì 锐):聪敏。 哲:明智。

⑪ 竖儿:小子,含有轻视意味的称呼。

⑫ 伦:沉沦。 歇:消停。

中华聚珍文学丛书——李贺诗今译

# 贾公间贵婿曲①

　　这首诗用简练而形象的讽刺笔调,勾画出一个终日过着骄奢淫逸生活的达官贵婿的形象。但诗人把这种讽刺归结为人生遭遇不平等的慨叹,显出了他的阶级局限和思想弱点。

朝衣不需长,②分花对袍缝。

嘤嘤白马来,满脑黄金重。③

今朝香气苦,④珊瑚涩难枕。⑤

且要弄风人,⑥暖蒲沙上饮。

燕语踏帘钩,日虹屏中碧。⑦

潘令在河阳,⑧无人死芳色。⑨

## 【今译】

朝衣不必长大,精致就好——

瞧,这分开的花样在袍缝处是吻合的!

(二句写贵婿衣着的讲究。)

铃儿嘤嘤响着,白马走来,

马的额头上满是金的玩意,多沉呵!

(二句写贵婿车马的贵重豪华。)

今朝醒来,香气熏得人要死。

珊瑚枕又磨痛了我的脖颈。

家里呆不住,叫上几个歌儿舞妓,

上那和暖的、蒲草丛生的沙滩喝酒去。

(四句以贵婿的口吻写出他的娇惯淫纵。)

燕子呢呢喃喃叫着,跳到帘钩上……

阳光在屏风中逐渐暗淡下去了……

(二句写家中妻子的冷落难堪。)

潘岳这小小县官在河阳,

却没人甘心为他的俊美容颜而死!

(二句慨叹人世的不平,点出嘲讽的本意。)

## 【注释】

① 贾公闾贵婿:指韩寿。王琦注:"按《晋书》:贾充字公闾,官至太尉。前妻李氏生二女。一名荃,为齐王攸妃;一名裕,未详所嫁。后妻郭氏生二女。一名时,为晋惠帝后;一名午,为韩寿所窃而后嫁者。寿官至散骑常侍,河南尹。此云贾公闾贵婿,殆谓韩寿。" 这里是借以讽刺与韩寿类似的当时的贵婿。

② 朝衣:上朝穿的官服。

③ "满脑"句:古时达官贵人习惯在马的络头上弄些金的装饰物。《古诗》:"黄金络马头。"

④ 香:指熏香。 苦:形容香气难闻。 这句写的是贵婿的主观感觉。

⑤珊瑚：珊瑚枕。一种本来很滑润的枕。 涩：不光滑。 这句也是贵婿的主观感觉。

⑥且：姑且。 弄风人：妓女。

⑦日虹：指阳光。《后汉书·郎颛传》："凡日傍气色白而纯者，名为虹。"

⑧潘令：指潘岳。晋人，以俊美著称。刘义庆《世说新语·容止》："潘岳妙有姿容，好神情。少时挟弹出洛阳道，妇女遇者，莫不连手共萦之。"《白帖》卷七十七："潘岳为河阳令，植桃李花，人号曰河阳一县花。" 河阳：在今河南省孟州市境内。 因韩寿、潘岳同以俊美见称，而所遭遇不同如此。所以两相比对，慨叹人世不平。

⑨死：意指爱极。

# 赠　陈　商<sup>①</sup>

　　诗人的朋友陈商在一个春天傍晚来看望他,诗人写了这首诗送给陈商。诗中推崇陈商的贫贱不能移的崇高品格,同时抒述了自己的矛盾心情和奋发有为的愿望。

长安有男儿,<sup>②</sup>二十心已朽。

楞伽堆案前,<sup>③</sup>楚辞系肘后。<sup>④</sup>

人生有穷拙,<sup>⑤</sup>日暮聊饮酒。<sup>⑥</sup>

只今道已塞,<sup>⑦</sup>何必须白首。<sup>⑧</sup>

凄凄陈述圣,披褐锄俎豆。<sup>⑨</sup>

学为尧舜文,<sup>⑩</sup>时人责衰偶。<sup>⑪</sup>

柴门车辙冻,<sup>⑫</sup>日下榆影瘦。

黄昏访我来,苦节青阳皱。<sup>⑬</sup>

太华五千仞,<sup>⑭</sup>劈地抽森秀。<sup>⑮</sup>

旁苦无寸寻,<sup>⑯</sup>一上戛牛斗。<sup>⑰</sup>

公卿纵不怜,<sup>⑱</sup>宁能锁吾口。

李生师太华,<sup>⑲</sup>大坐看白昼。<sup>⑳</sup>

逢霜作朴樕,<sup>㉑</sup>得气为春柳。<sup>㉒</sup>

礼节乃相去,憔悴如刍狗。<sup>㉓</sup>

中华聚珍文学丛书——李贺诗今译

风雪值斋坛，㉔墨组贯铜绶。㉕
臣妾气态间，㉖唯欲承箕帚。㉗
天眼何时开，古剑庸一吼。㉘

## 【今译】

长安城里有一个年轻人，
二十岁，心灵就已枯槁。
《楞伽经》堆在他的案头，
《楚辞》系在他的手肘后。
人生是有穷困无能时候的，
傍晚，我便独自喝点儿酒。
就说眼前，路已全堵死了。
何必等到白发苍苍的时候？
贫寒可怜的陈述圣，我的朋友。
穿着粗布衣裳，陈列俎豆……
学成了尧舜时代的古奥文体，
时髦的人们却责难他，拿那些衰朽不堪的
　　骈文！
我的柴门外，道上的车辙冷冰冰的。
夕阳西下，榆树影子又长又瘦。

赠陈商

这黄昏时候，你来了，来探望我。

你坚苦的气节，使春天都皱起眉头。

你好像是那五千仞的太华山，

劈地而起，抽拔而出，森严而灵秀。

你旁边，连一寸一寻的土堆都没有，

独自矗立，高上云霄，牵动牛斗！

达官贵人们纵然不赏识，

哪里能禁得住我的称道——

李生要师法你"太华山"，

傲然端坐，从朝到晚，跟你相对。

逢上寒霜就做那坚忍不拔的朴樕，

得到暖气就做那柔美的春柳。

世俗的礼节却使我离开这个意愿，

使我萎靡不振，如同任人摆弄的刍狗。

风雪的日子里，我在斋坛上值班。

身佩铜印——黑丝带子的印绶。

像卑贱的奴才在颐指气使之中，

只能唯唯诺诺、忍气吞声、逆来顺受。

老天的眼睛，哪一天才睁开？

啊！古剑要爆发它那郁积的怒吼！

## 【注释】

① 陈商：字述圣。陈宣帝五世孙，散骑常侍陈彝之子。元和九年进士，仕至秘书监，封许昌县男。有著述十七卷。

② 长安：即今陕西省西安市。 男儿：指诗人自己。

③ 楞伽：即《楞伽经》。《文献通考》卷二百二十六："《楞伽经》四卷，宋天竺僧求那跋陀罗译。楞伽，山名也，佛为大慧演道于此山。元魏僧达磨以付僧慧可，曰：'吾观中国所有经教，惟《楞伽》可以印心。'谓此书也。" 案：桌子。

④ 楚辞：战国时楚国诗人屈原、宋玉等人创造的一种新诗，因它具有"书楚语，作楚声，纪楚地，名楚物"的特点，后人称为"楚辞"。 肘后：手肘后，指近在身边。

⑤ 穷拙：窘困，无能。

⑥ 聊：姑且。

⑦ 道：指自己选择的路。

⑧ 须：等待。

⑨ 褐：粗布衣服。 锄：这字恐有错讹。丘象升注："俎豆何可锄，盖即耕治礼乐之意。"王琦注："恐是带经而锄，休息辄诵读之意，谓其耕锄之间，又习俎豆之事。"仅录以备考。 俎豆：俎（zǔ阳），古代祭祀时盛牛羊等祭品的器具。豆，古代盛食物用的器具，状似高脚盘。 这里作演习礼仪的代称。

⑩ 尧舜文：指高深古奥的文体，如《尚书》中的《尧典》《舜典》。韩愈《答陈商书》："辱惠书，语高而旨深，三四读尚不能通达。"可见陈商"学为尧舜文"之一斑。

⑪ 衰偶：衰弱的骈偶。

⑫ 柴门：用树枝编造的门。 车辙：车轮在地上压出的印迹。

⑬ 苦节：指陈商的坚苦不拔的节操。 青阳：指春天。《尔雅》："春为青阳。"郭璞注："气青而温阳也。" 皱：郁缩不舒。

⑭ 太华：华山。在今陕西省华阴市境内。《山海经·西山经》："太华之山，削成而四方，其高五千仞，其广十里。" 仞：古时八尺（或七尺）为一仞。

⑮ 抽：生长出。

⑯ 这句的意思说华山孤立突兀，旁边没有可以和它为伍的小山。"寸寻"相对于"五千仞"而言，形容短小。

⑰ 戛（jiá 夹）：轻轻敲打。这里指碰撞，触动。 牛斗：牛，二十八宿之一。斗，北斗。这里泛指星宿。

⑱ 公卿：指高级官员。

⑲ 李生：指李贺自己。

⑳ 大坐：大模大样地坐着。 看白昼：指无所事事。

㉑ 朴樕（sù 速）：《诗·召南·野有死麕》："林有朴樕。"毛传："朴樕，小木也。"

㉒ 关于以上四句，王琦注云："以陈商为师法，亦欲立品如太华之高，不肯奔走于富贵之门，长坐而过白日，了无一事。""又言己才浅薄，遇艰难之时，则如逢霜之朴樕；遇盛明之朝，亦不过为得气之春柳，无甚奇特。"录以备考。

㉓ 刍狗：用草扎成的狗，供祭祀时使用，仪式结束，则扔掉。刍（chú 锄），喂牲畜的草。

㉔ 斋坛：举行祭天仪式的地方。 诗人其时为奉礼郎，所以要在斋坛值班。

㉕ 墨组：黑色的丝带。 铜：铜印。 这句意说以墨组作印绶。

㉖ 臣妾：奴婢。《书·费誓》："臣妾逋逃。"孔安国传："役人贱者，男曰臣，女曰妾。"郑玄《周礼注》："臣妾，男女贫贱之称。"

㉗ 箕帚：箕，簸箕。帚，扫帚。这是指毕恭毕敬的样子。

㉘ "古剑"句：《太平广记》卷二百二十九："王子乔墓在京陵，战国时人有盗发者，都无见，唯有一剑停在圹中，欲取而剑作龙虎之声，遂不敢近，俄而径飞上天。"这里借古剑自比。

中华聚珍文学丛书—李贺诗今译

# 仙　人①

　　这首诗是对那些实际上热衷功名利禄的"隐士"们投去的冷峻的一击。诗人先着力描画出这一类人道貌岸然的隐居生活，然后掉转笔锋轻轻一点，揭穿这虚伪的把戏。

　　弹琴石壁上，翻翻一仙人。②
　　手持白鸾尾，③夜扫南山云。④
　　鹿饮寒涧下，⑤鱼归清海滨。⑥
　　当时汉武帝，书报桃花春。⑦

## 【今译】

　　弹琴，在石壁上——
　　风度翩翩，一位仙人！
　　手拿着雪白的白鸾尾，
　　夜里，他清扫南山的浮云。
　　犹如鹿饮着冰冷的涧水……
　　犹如鱼回到安静的海滨……
　　在汉武帝求仙成风那个时候，
　　他也曾上书报告仙桃开花的喜讯。

**【注释】**

① 仙人：指隐士。这里含有讽刺的意味。

② 翻翻：飞动貌。

③ 白鸾尾：王琦注："鸾色五彩而多紫，为瑞应之鸟。其色多青者为青鸾，多白者为白鸾，皆仙禽也。以鸾尾为帚，故可以扫云。"

④ 南山：指终南山。《唐书·卢藏用传》："藏用能属文，举进士，不得调。与兄征明偕隐终南、少室二山……长安中，召授左拾遗。……始隐山中时，有意当世，人目为随驾隐士。晚乃徇权利，务为骄纵，素节尽矣。司马承祯尝召至阙下，将还山，藏用指终南曰：'此中大有嘉处。'承祯徐曰：'以仆视之，仕宦之捷径耳。'"可作为此诗注脚。

⑤ "鹿饮"句：比喻隐士生活清苦。

⑥ "鱼归"句：比喻隐士生活闲适。

⑦ 桃花：传说中的王母仙桃。《汉武内传》："王母仙桃，三千年一开花，三千年一生实。" 春：花开得很烂漫的样子。

# 蝴　蝶　舞

　　这首诗描写了暮春时节一位少妇想念丈夫的复杂微妙的心情。

　　杨花扑帐春云热，龟甲屏风醉眼缬。①
　　东家蝴蝶西家飞，②白骑少年今日归？

## 【今译】

　　杨花扑洒在帐幔上，云朵变得暖烘烘的——
　　　　春天快过完了。
　　龟甲图案的屏风，醉眼丝绳的发网——她倚
　　　　着枕思量：
　　蝴蝶儿飞到东家又飞到西家，
　　呵！骑白马的年轻人——他今天该回来了吧？

## 【注释】

　　① 龟甲屏风：徐坚《初学记》卷二十五："郭子横《洞冥记》曰：
'上起神明台，上有金床、象席、杂玉为龟甲屏风。'盖言其文似龟甲
上纹路也。" 醉眼缬：指用"醉眼缬"编织的发网。《韵会》："缬，系

也。谓系缯染为文也。"胡三省《通鉴注》:"撮彩以线结之,而后染色。既染则解其结。凡结处皆原色,余则入染色矣。其色斑斓谓之缬。"李贺《恼公》诗:"醉缬抛红网。"庾信《夜听捣衣》诗:"花鬟醉眼缬。"

②"东家"句:暗指少妇的丈夫,即下句"白骑少年"在外的放荡。

中华聚珍文学丛书——李贺诗今译

# 梁 公 子①

这首诗描写一个贵族子弟在军队中悠闲放纵的生活。诗人将所在军营称作"种柳营",有意提起陶侃这样的居安思危的英明将帅,显然包含着对梁公子一流人物的批评。

风采出萧家,②本是菖蒲花。③
南塘莲子熟,④洗马走江沙。
御笺银沫冷,⑤长簟凤窠斜。⑥
种柳营中暗,⑦题书赐馆娃。⑧

## 【今译】

风度翩翩,气派华贵,出自萧家。
那不但是皇族,还是神的血统——菖蒲神花
　　的血统呵!
(二句明写:梁公子的高贵出身。)
南塘,莲子熟透了。四处飘荡着采莲子姑娘
　　们的笑闹声……
江边,军士在洗马。雪白的细砂随着江水翻
　　滚流下……

（二句暗写：梁公子路过南塘，和姑娘们调笑
　　起来，因命随从军士牵马去江边洗刷。）

点上灯，御笺上的银色碎花冷森森地闪着。

长簟上，编织成团凤纹样的图案看去仿佛歪
　　歪斜斜。

这时候，军营中暮色昏沉……

他专心一意在写信，那是赐给一位美丽女
　　郎的。

（四句形象的明写：梁公子一天到晚寻花问柳。）

## 【注释】

① 梁公子：王琦注："按所称梁公子必萧姓，以其为萧梁后裔，
故谓之梁公子耳。"

② 萧家：指南朝梁国的皇族，姓萧。

③ 菖蒲花：《梁书·太祖张皇后传》："初，后尝于室内忽见庭
前菖蒲生花，光彩照灼，非世中所有。后惊视，问侍者曰：'汝见
不？'对曰：'不见。'后曰：'尝闻见者当富贵。'因遽取吞之，是月产
高祖。"

④《西洲曲》："采莲南塘秋，莲花过人头。低头弄莲子，莲子清
如水。"本句出于此。

⑤ 御笺：皇室使用的笺纸。

⑥ 长簟（diàn 垫）：长的竹席。潘岳《悼亡诗》："长簟竟床空。"
凤窠（kē 科）：王琦注："唐时有独窠绫、两窠绫。所谓窠者，即团花
也。凤窠，织作团花为凤凰形者耳。"

中华聚珍文学丛书——李贺诗今译

⑦ 种柳营：《晋书·陶侃传》：“侃性纤密好问，颇类赵广汉。尝课诸营种柳。”这里泛指军营。

⑧ 题书：写信。 赐：给。因梁公子是皇族，故用“赐”。 馆娃：《太平寰宇记》卷九十一：“《越绝书》云：‘吴人于砚石山置馆娃宫。’刘逵注《吴都赋》引扬雄《方言》云：‘吴有馆娃宫。’吴人呼美女为娃，故《三都赋》云：‘幸乎馆娃之宫中，张女乐而宴群臣。’”这里借指皇宫中的宫人。

# 牡 丹 种 曲

　　这首诗描写的是京都富贵人家的"牡丹热"。诗人丢开了"赏花"这个主要情节,而着力描写了兴阑人散的情景。他的用意是要揭穿这"牡丹热",指出在风雅的背后,不过是富人们的空虚、骄侈的心理在作怪罢了。

莲枝未长秦蘅老,①走马驮金屩春草。②
水灌香泥却月盘,③一夜绿房迎白晓。④
美人醉语园中烟,晚花已散蝶又阑。⑤
梁王老去罗衣在,拂袖风吹蜀国弦。⑥
归霞帔拖独帐昏,⑦嫣红落粉罢承恩。⑧
檀郎谢女眠何处,⑨楼台月明燕夜语。⑩

## 【今译】

荷花连梗子还未长出,秦蘅已开过了——一
　　片零落!
京城闹腾起来了,人们赶着马,驮着金子,去
　　挖取春草。
把它栽在半月形的花盘里,培上香泥,给它

灌水。

一夜间，它那绿茸茸的蓓蕾绽开了，颤巍巍，
　　迎着苍白的曙色……

漂亮女人的醉醺醺的呓语，花园中降下如烟
　　的薄暮。

傍晚的花，瓣儿已披散。几个蝴蝶，懒洋洋地
　　扑棱着翅膀。

梁王早已去世，他的歌妓罗衣还在——她
　　跳着，

舞袖蹁跹。风吹来《蜀国弦》的旋律，忽近忽
　　远……

晚霞慢吞吞飘走了，蜀帐里昏暗下去——

娇娆的花朵卸了残妆，不再得到半点眷顾。

公子哥儿和漂亮女人都睡在哪儿了啊？

楼台上月光明亮。夜空中，有燕子在轻轻地
　　呢喃……

**【注释】**

　　① 秦蘅：《文选·宋玉·风赋》："猎蕙草，离秦蘅。"李善注：
"秦，香草也。蘅，杜蘅也。"王琦注："秦蘅至牡丹开时已老，不知是
何花。决非杜蘅，杜蘅虽是芳草，然其花殊不足观，难与莲枝、牡丹

为伍。"

②走马驭金：极力形容狂热的程度。李肇《唐国史补》卷中："京师贵游尚牡丹，三十余年矣。每春暮，车马若狂，以不耽玩为耻。执金吾铺官，围外寺观，种以求利。一本有值数万者。"白居易《买花》诗："帝城春欲暮，喧喧车马度。共道牡丹时，相随买花去……一丛深色花，十户中人赋。" 斸(zhú 竹)：掘。 春草：指牡丹。 这句说驭金买草，颇含讥讽。

③却月盘：半月状的花盆。

④绿房：指花苞。 迎：这里含有开放的意思。 白晓：苍白的晓色。

⑤散：这里有凋落的含义。 阑：稀少。

⑥蜀国弦：以蜀地风光为内容的一个乐府古题。《乐府古题要解》："《蜀道难》备言铜梁、玉垒之险。又有《蜀国弦》，与此颇同。"

⑦帔(pī 披)：披肩。 帔拖：披肩似地拖曳着。 蜀帐：保护花的纸帐。因用蜀纸制作，故名"蜀帐"。

⑧落粉：卸妆。 承恩：获得宠爱。

⑨檀郎谢女：唐代对少年男女的一种习惯叫法。罗隐《七夕》诗："应倾谢女珠玑箧，尽写檀郎锦绣篇。"吴正子注："檀奴，潘安小字。后人因目曰檀郎。"王琦注："谢女，旧注以为谢道韫，盖以才子才女并称耳。然唐诗有称妓女为谢女者。大抵因谢安石畜妓而起。始称谢妓，继则改称谢女，以为新异耳。"

⑩燕夜语：似乎是暗指檀郎谢女们的喁喁情话，在夜空中依稀传过来。

中华聚珍文学丛书——李贺诗今译

# 开 愁 歌①

满怀抱负的诗人，却长期屈居于闲散潦倒之中。这使他经常心情恶劣。只有借酒排遣，写诗发泄。本诗是诗人此类抒情诗的代表作之一。豪放的笔调和傲岸苍凉的情怀结合得很好。

秋风吹地百草干，华容碧影生晚寒。②
我当二十不得意，③一心愁谢如枯兰。
衣如飞鹑马如狗，④临歧击剑生铜吼。⑤
旗亭下马解秋衣，⑥请贳宜阳一壶酒。⑦
壶中唤天云不开，⑧白昼万里闲凄迷。
主人劝我养心骨，⑨莫受俗物相填豗。⑩

## 【今译】

秋风吹呵，吹得大地上百草枯干。
秋的花，秋的树，摇荡着傍晚的轻寒……
我正当二十岁，锦绣华年，却很不得意。
我一颗心因为忧愁而枯萎，如同凋谢的秋兰！
破碎的衣衫像飞鹌鹑，瘦小的马儿像一条狗。
我在岔路口站住了，敲击着剑，发出金属的

怒吼！

我在旗亭下马,脱了秋衣,

我将它交给店家,赊一壶宜阳美酒。

我向酒壶中呼唤青天,云却总不散开。

白昼好长哟,又多么无聊、凄凉、迷漫……

店主人劝我涵养坚强的意志,

别受世俗的东西的骚扰排击。

## 【注释】

① 开愁:解脱忧愁。 题下或有副题:"花下作。"

② 华容:指花。 碧影:指树。

③ 不得意:指事业、出路上的不如意。

④ 衣如飞鹑:指衣衫褴褛。《荀子·大略篇》:"子夏贫,衣若悬鹑。" 马如狗:指马瘦小猥琐。《后汉书·陈蕃传》:"车如鸡栖马如狗。"

⑤ 歧:岔路。这里也暗指人生的岔路。

⑥ 旗亭:酒店。张衡《西京赋》:"旗亭五重。"薛综注:"旗亭,市楼也。"

⑦ 贳(shì世):赊欠。 宜阳:今河南省宜阳县。

⑧ 壶中唤天:醉中呼唤上天。 这句暗指无人举荐而朝廷又高不可攀。

⑨ 心骨:见《送沈亚之歌》注。

⑩ 填狝:骚扰冲击之意。吴正子注称:《唐音统签》云:"狝即'愆'字,音'灰',相击也。"

# 杨生青花紫石砚歌①

在这首诗中,诗人热情歌颂了端州石工杨生高超的手艺。诗人用浪漫的比喻,轻快而细腻的笔触,描述了青花紫石砚的外形之美、质地之佳。最后,诗人说:"孔砚宽顽何足云。"拿"鼎鼎大名"的孔砚与青花紫石砚相比,并说孔砚相形见绌,这就将诗人的赞美写到酣畅饱满。诗人用意仅在于此。尊孔的封建士大夫对此诗大加责难,固然迂腐可笑。有的人将它奉为李贺是"法家诗人"的力证,也是一样愚蠢可笑的。

端州石工巧如神,②踏天磨刀割紫云。③

佣刓抱水含满唇,④暗洒苌弘冷血痕。⑤

纱帷昼暖墨花春,⑥轻沤漂沫松麝薰。⑦

干腻薄重立脚匀,⑧数寸光秋无日昏。⑨

圆毫促点声静新,⑩孔砚宽顽何足云。⑪

## 【今译】

杨生——这端州石工像神一般灵巧。

他脚踏青天磨刀,割下一片紫云。

他琢磨它,将它造成一方紫色的砚台

——圆圆的砚池抱一江清水，像满含着的嘴。

砚台上还洒着暗绿——苌弘的冷却的血痕！

薄纱的帷幕，白昼的温暖，墨花的绚烂。

轻盈的泡沫、浮颤的泡沫，散发出松香麝香的
　　浓烈气息……

干的墨、黏稠的墨、淡的墨、浓的墨，都那样
　　均匀。

像几寸晴朗的秋色，不带半点昏翳。

笔锋轻快地点着墨花，声音细微、悦耳。

孔砚又大又粗笨，有什么值得夸耀的呵？

## 【注释】

①　青花：青色的斑纹。王琦注以为指"青眼"。《端溪砚谱》：
"李贺有端州青花紫石砚歌。盖自唐以来，便以青眼为上，黄赤为
下。"　紫石砚：李肇《唐国史补》卷下："端溪紫石砚，天下无贵贱通
用之。"

②　端州：今广东省高要市。《端溪砚谱》："端州治高要县，自
唐为高要郡。皇朝政和初，以太上皇潜藩，赐号肇庆府。府东三十
三里，有山曰斧柯，在大江之南，盖羚羊峡之对山也。斧柯山峻峙
壁立，下际潮水。自江之湄登山，行三四里，即为砚岩也。先至者
曰下岩，下岩之中有泉出焉，虽大旱未尝涸。下岩之上曰中岩，中
岩之上曰上岩。自上岩转山之背，曰龙岩。龙岩，盖唐取砚之所。
后下岩得石胜龙岩，龙岩不复取。　石工：指杨生。

③ 紫云：指紫色的砚石。因为它高处山顶，所以用云来形容。这句写石工登到山顶去采砚石。

④ 佣刓（wán 完）：刻削琢磨。

⑤ 苌弘：见《秋来》注。 这句写青花。王琦注："谓砚中有碧色眼也。其眼或散布有似花葩之象，故曰青花。否则，其时尚无诸眼之名，故谓之青花未可知。"《砚谱》："端石有眼者最贵，谓之鸲鹆眼。永叔以端溪为后出，不然也。李贺有《端州青花石砚诗》云：'暗洒苌弘冷血痕。'则谓鸲鹆眼，知端石为砚久矣。"

⑥ 墨花春：指磨墨。

⑦ 松麝薰：王琦注："古墨以松烟为之，中和以麝。"薰，香气浓烈。

⑧ 立脚匀：谓墨脚均匀。

⑨ 数寸：指墨砚大小方圆数寸。 这句说磨出的墨色很佳。

⑩ 圆毫：毛笔。 这句说砚石不损笔。

⑪ 孔砚：孔子用的墨砚。《初学记》卷二十一《文部》："伍揖之《从征记》曰：'夫子床前有石砚一枚，作甚古朴。盖夫子平生时物。'"

# 房 中 思

这首诗描写了长期忍受别后寂寞生活的少妇的悲哀。诗人用"谁能事贞素"的大胆疾呼，直接指斥了加在妇女头上的封建礼教枷锁，揭露了她们不幸命运的根源。这就使本诗的思想水平高出于许多写"闺怨"的作品之上。

> 新桂如蛾眉，秋风吹小绿。①
> 行轮出门去，玉鸾声断续。②
> 月轩下风露，晓庭自幽涩。
> 谁能事贞素，卧听莎鸡泣。③

## 【今译】

> 新长出的桂叶像又细又弯的眉。
> （呵，像她紧蹙的眉！）
> 秋风抚弄着这小小的绿色。
> （却吹不开紧蹙的眉尖……）
> 远行的车轮向门外滚滚而去——
> （呵，他走了，走向遥远的地方！）
> 玉铃铛的脆响断断续续传来……

中华聚珍文学丛书——李贺诗今译

（他呢，他什么时候回来？）

铺满月光的平台上，风吹落无数露珠儿。

（呵，可有她的泪球儿一般多？）

天将破晓，庭院里只有愈加阴暗和凄苦。

（呵，可像她的心儿一般苦？）

谁能这样守着贞洁、清白，

独自躺着，听那纺织娘的悠长的哭声呵！

## 【注释】

① 小绿：指初生的桂叶。 这两句将桂叶隐喻女主人的愁眉。江采蘋《谢赐珍珠》诗："桂叶双眉久不描。"

② 玉鸾：玉铃铛，用以系在马笼头上。《文选·楚辞·离骚》："鸣玉鸾之啾啾。"李周翰注："玉，马佩也。鸾，车铃也。"

③ 莎鸡：俗名纺织娘。 泣：形容莎鸡的鸣声像哭泣。

中
思

# 秋凉诗寄正字十二兄①

　　诗人以诗代简,向十二兄描述了自己闲居在家的寂寞生活、悲凉情怀和对十二兄的思念。诗人出色地渲染了秋天的苍凉,秋夜的冷寂,而使反复咏叹的离情格外动人。诗的章法是相当谨严的:一二句是总起:"闭门感秋风,幽姿任契阔。"三至六句申发"感秋",七至十句申发"幽姿",后十句申发"任契阔"。足见诗人技巧的精纯。

闭门感秋风,②幽姿任契阔。③

大野生素空,天地旷肃杀。

露光泣残蕙,虫响连夜发。

房寒寸辉薄,④迎风绛纱折。

披书古芸馥,⑤恨唱华容歇。⑥

百日不相知,花光变凉节。

弟兄谁念虑,笺翰既通达。⑦

青袍度白马,⑧草简奏东阙。⑨

梦中相聚笑,觉见半床月。

长思剧循环,⑩乱忧抵罥葛。⑪

中华聚珍文学丛书——李贺诗今译

**【今译】**

撼着紧闭的门,那是秋风呵!

闲居的人心中充满了久别的离情。

广阔原野的上空变得多么干净深湛,

天地之间空荡荡的,严峻得怕人!

露珠儿闪着,在枯萎的蕙草之中。

秋虫儿叫着,从夜里喧闹到天明。

冷冰冰的房间,一点灯光,那么稀薄。

风吹动绛纱帷帐,把它展开又合上。

翻开书页,呼吸着馥郁的芸草香气。

吟唱悲愁,憔悴了花一般的容颜!

一百天的离别,不算得太长久,可是

繁花如锦的春光变成了冷清清的秋天了。

兄弟们之间,谁还彼此牵念着呢?

只有我和你。我们的书信频频来往……

我梦见了你——青袍朝服,骑着白马,

带着奏章上东阙去觐见皇上。

梦中,我们又在一起,有说有笑。

醒来,只见半床月光——哪有你的影子?

唉，悠远的思念多么厉害地折磨着我，

乱纷纷的忧思，就像蔓延的葛藤一般！

## 【注释】

① 正字：唐官名，详见《春坊正字剑子歌》。

② 闭门：这里有闲居在家的意思。 感秋风：这里秋风可看作秋天的代称。

③ 幽姿：幽居者，隐居者。 任：怀抱。 契阔：长久的别离。

④ 寸辉：指灯焰。

⑤ 披书：读书。 古芸：故芸，夹在书中的陈旧的芸草。芸草，花叶都有香气，可以辟蠹鱼，常夹于书中。 馥（fù 父）：香气浓烈。

⑥ 恨唱：即"唱恨"。 华容：美好的容颜。《楚辞·招魂》："兰膏明烛，华容错些。" 歇：消歇，失去。

⑦ 笺（jiān 煎）：信纸。 笺翰：书信的代称。

⑧ 青袍：唐代九品官制服，正字是从九品官。 度：骑乘。

⑨ 草简：呈给皇帝的意见书。 东阙：指朝廷。《史记·高祖本纪》："萧丞相营作未央宫，立东阙北阙。"

⑩ 循环：指反反复复。傅玄《怨歌行》："情思如循环，忧来不能遏。"

⑪ 罥葛：长长的葛藤。《诗·周南·葛覃》："葛之覃兮，施于中谷。"鲍照《绍古辞》诗："忧来无行伍，历乱如罥葛。"

# 艾 如 张①

　　这是一首乐府古题,内容是劝告山鸡不要误入网罗。李贺是著名的写乐府的能手,从本诗和后面选的几首乐府古题中,可以对诗人风格独特的新乐府有一些真切的认识。

　　锦襜褕,②绣裆襦,③强饮啄,哺尔雏。
　　陇东卧穟满风雨,④莫信笼媒陇西去。⑤
　　齐人织网如素空,张在野田平碧中。
　　网丝漠漠无形影,误尔触之伤首红。⑥
　　艾叶绿花谁翦刻,⑦中藏祸机不可测。

## 【今译】

　　"织锦的襜褕"呵,
　　"刺绣的裆襦"呵,
　　好好地吃吧、喝吧,
　　哺育你的小东西吧!
　　陇东头有许多风雨吹倒的穗子,
　　别听信"笼媒"飞到陇西头去呵!
　　齐人织的网像素净的天空,

张罗在那田野平坦碧绿的所在。

网丝空疏迷茫，简直无形无影。

你一错碰上它，可要头破血流。

艾叶做的绿花，是谁剪制的？

里头隐藏的祸害机关真是难以探测呵！

## 【注释】

① 艾如张：即艾而张。艾，与"刈"同。古词："艾而张罗，夷于吾。行成之，四时和。山出黄雀亦有罗，雀以高飞奈雀何。"苏子卿《艾如张》："谁在闲门外，罗家诸少年。张机蓬艾侧，结网槿篱边。若能飞自勉，岂为缯所缠。黄雀倘为诫，朱丝犹可延。"诗中以"艾"为"蓬艾"。李贺本诗旨意与苏诗略同。

② 襜褕（chān yú 搀俞）：直襟单短衣。《史记·魏其武安侯列传》："元朔三年，武安侯坐衣襜褕入宫，不敬。"

③ 裆襦（dāng rú 当如）：短衣。

④ 陇：同"垄"，高田埂。 穟：音义同"穗"。

⑤ 笼媒：猎人养以诱捕野雀的同类的鸟。《文选·潘岳·射雉赋》徐爰注："媒者，少养雉子，长而狎人，能招引野雉，因名曰媒。"《西京杂记》卷四："茂陵文固阳，本琅琊人，善驯野雉为媒，用以射雉。"本诗则指用媒诱野雉落网。

⑥ 伤首红：伤害而致头破血流。

⑦ 艾叶绿花：指将艾叶装饰在捕网上作伪装。因其形似花，所以称"绿花"。 翦刻：指装饰，不是真的剪裁。

# 巫　山　高<sup>①</sup>

这是以描写巫山风光为内容的乐府古题。在诗人笔下,古老的题目显出了新的风貌。巫山幽美的山光水色中,古老的传说和神话活跃起来,跟巫山的烟雨风月混成一体,增添了无限的神秘,强烈地吸引着读者。在这首诗里,还可以见出《楚辞》对于诗人艺术风格的影响。

　　碧<u>丛丛</u>,<sup>②</sup>高插天,大江翻澜神曳烟。<sup>③</sup>
　　楚魂寻梦风飀然,<sup>④</sup>晓风飞雨生苔钱。<sup>⑤</sup>
　　瑶姬一去一千年,<sup>⑥</sup>丁香筇竹啼老猿。<sup>⑦</sup>
　　古祠近月蟾桂寒,<sup>⑧</sup>椒花坠红湿云间。<sup>⑨</sup>

## 【今译】

　　翠色蒙茸,高入云天,

　　大江翻卷波澜,神仙牵曳长烟。

　　楚王的幽灵追寻着他的梦——听! 风凄切地
　　　呼啸。

　　拂晓的风裹挟着雨,滋生了圆圆的苔藓。

　　巫山神女走了,走了一千年了!

丁香丛中、筇竹林里，悲啼着，一些老猿……

古老的神女祠紧挨月亮，浴着一片寒冷的
月光。

椒花飘落，殷红的，落进浓重潮湿的云雾
里边。

## 【注释】

① 巫山：在今四川省巫山县东。据说因山形似"巫"字，所以
得名。山有十二峰，连绵构成巫峡。

② 这句说巫山上林木丰茂。

③ 大江：指长江。

④ 楚魂寻梦：指楚怀王梦遇巫山神女的故事。一说是楚襄
王。见宋玉《神女赋》："楚襄王与宋玉游于云梦之浦，使玉赋高唐
之事。其夜，王寝，果梦与神女遇。" 飔（sī 思）：疾风。此作形容
词用。

⑤ 苔钱：即苔藓。

⑥ 瑶姬：巫山神女。《文选·宋玉·高唐赋》李善注引《襄阳
耆旧传》："赤帝女曰姚姬。未行而卒，葬于巫山之阳，故曰巫山之
女。楚怀王游于高唐，昼寝，梦见与神遇，自称是巫山之女。遂为
置观于巫山之南。"

⑦ 丁香：指紫丁香。 筇竹：即邛竹。一种实心疏节的竹，可
制成手杖。产于古邛都国（今四川省西昌市东南），因名邛竹。

⑧ 古祠：指巫山神女祠。陆游《入蜀记》："过巫山凝真观，谒
妙用真人祠。真人即世所谓巫山神女也。祠正对巫山，峰峦上入
霄汉，山脚直插江中，议者谓太华衡庐皆无此奇。然十二峰者不可
悉见，所见八九峰，唯神女峰最为纤丽奇峭，宜为仙真所托。祝史

云：每八月十五夜月明时，有丝竹之音往来峰顶，山猿皆鸣，达旦方渐止。"可作为本诗注脚。

⑨ 椒花坠红：王琦注："《图经本草》：'蜀椒，今归峡及蜀川、陕洛间，人家多作园圃种之。木高四五尺，似茱萸而小，有针刺。叶坚而滑，可煮饮食。四月结子，无花，但生于枝叶间，颗如小豆而圆，皮紫赤色。'据此则椒无花也。所谓椒花坠红，即是指其红实耳。长吉生长中原，身未入蜀，蜀地之椒，目所未睹，出于想象之间，故云耳。"

# 神　弦　曲①

这也是乐府古题，是祭祀神祇时，用来弹唱娱神的诗。有心的读者不难发现本诗与《楚辞·九歌》的血缘关系。

西山日没东山昏，旋风吹马马踏云。②
画弦素管声浅繁，③花裙綷縩步秋尘。④
桂叶刷风桂坠子，青狸哭血寒狐死。⑤
古壁彩虬金帖尾，⑥雨工骑入秋潭水。⑦
百年老鸮成木魅，⑧笑声碧火巢中起。

## 【今译】

西山，太阳落下去了；东山，暮色昏沉。
旋风，吹着马，马在云端飞奔⋯⋯
（神降临了，快来迎神！）
彩绘的琴、素色的笛——乐声悠扬又杂乱，
女巫跳起舞——花裙綷縩，舞步轻盈，扬起
　秋尘。
（她边跳边唱，颂祷神明。）

中华聚珍文学丛书——李贺诗今译

桂叶里,风在吹着,桂子扑簌簌坠落。

青狸哭嚎,连连吐血;寒狐也逃不了一死!

古壁上那斑斓的龙——有帖金尾巴的,

雨工捉住它,骑着到秋潭深处去了!

百年老鸮,日久成精,变成木魅。

它怪笑着,一朵碧绿的火焰从它巢中腾跃
而起!

## 【注释】

① 神弦曲:王琦注:"神弦曲者,乃祭祀神祇,弦歌以娱神之曲
也。此诗言狸哭狐死、火起鸮巢,是所祈者其诛邪讨魅之神欤?"

② 马:指神骑的马。 这两句写神在黄昏降临。

③ 画弦:带花纹图案装饰的弦乐器,如琴瑟琵琶之类。 素
管:没有装饰的管乐器,如箫笛之类。

④ 花裙:指女巫。 綷縩(cuì cài 粹菜):衣服自相摩擦的响
声。 这两句写迎神的热闹场面。

⑤ 青狸、寒狐:指作怪成妖的狐与狸。罗愿《尔雅翼》卷二十
一:"狸者,狐之类。狐口锐而尾大,狸口方而身文,黄黑彬彬,盖次
于豹。狐,妖兽。说者以为先古淫妇所化,善为媚惑人,故称
狐媚。"

⑥ 虬(qiú 求):龙也。这里是指壁画上的龙成精为祟。

⑦ 雨工:雷霆之神。《柳毅传》:"毅深为之戚,乃置书囊中,因
复问曰:'吾不知子之牧羊,何所用哉? 神祇岂宰杀乎?'女曰:'非
羊也,雨工也。'曰:'何为雨工?'曰:'雷霆之类也。'数复视之,则皆
矫顾怒步,饮龁甚异。而大小毛角,则无别羊焉。"

⑧ 鸮(xiāo嚣)：猫头鹰。 木魅：一种传说中的林妖。鲍照《芜城赋》："木魅山鬼，野鼠城狐。"洪亮吉《春秋左传诂·文公十八年》："投诸四裔，以御螭魅。"注引服虔云："螭魅，人面兽身，四足，好惑人，山林异气所生，以为人害。"

中华聚珍文学丛书—李贺诗今译

# 神　弦①

　　这首诗记述了女巫做法事召鬼神的过程。将鬼神的降临和动态描写得栩栩如生。但诗人是不信这一套骗人的把戏的。他说："旁人都没有见到什么鬼神，只有女巫变着脸色，以示鬼神的来去喜怒，如此而已。"

　　女巫浇酒云满空，②玉炉炭火香鼕鼕。③
　　海神山鬼来座中，纸钱窣窣鸣飚风。④
　　相思木帖金舞鸾，⑤攒蛾一啑重一弹。⑥
　　呼星召鬼歆杯盘，⑦山魅食时人森寒。
　　终南日色低平湾，⑧神兮长在有无间。
　　神嗔神喜师更颜，⑨送神万骑还青山。⑩

## 【今译】

　　女巫往地上浇酒，云朵慢慢堆满天空。
　　（她说鬼神降临了，于是——）
　　焚香、击鼓，一霎时香烟四溢，鼓声咚咚！
　　（她走来走去，安排宴席。）
　　海神、山鬼都入席了，坐满了一桌子。

（人群睁着眼睛，大气不透。只有——）

纸钱"缥缥缍缍"响着，在风中打着旋儿。

（她坐在宴席旁，抱起琵琶——）

一只相思木造的琵琶，装饰着帖金的舞鸾。

她皱紧眉，嘴里"嚏"地一响，又把琵琶一弹。

她招呼着星神鬼怪举杯痛饮，放怀吃喝。

当那山魅嚼食的时候，人们吓得寒毛直竖。

（其实，他们什么也没有看见。）

终南山的阳光低落到山坳里去了，

神啊，永远是在若有若无之间。

神发怒，神高兴，只看女巫变换脸色。

她说神来了许多，又送回青山里了。

## 【注释】

① 神弦：乐府曲名，一种迎神曲。

② 浇酒：泼酒于地，用以迎神。

③ 玉炉：玉香炉。 炭火：用以焚香。 鼕鼕（dōng 冬）：鼓声。王琦注："与上五字不合，疑有讹文。"

④ 纸钱：祭祀死者时焚化当钱用的纸片，一种迷信用品。《旧唐书·王玙传》："玙专以祀事希倖，每行祠祷，或焚纸钱，祷祈福祐。"《封氏闻见记》："率易从简，更用纸钱。纸乃后汉蔡伦所造，其纸钱魏晋以来始有其事，今自王公逮于士庶，通行之矣。" 窸窣（xī sū 悉苏）：细碎的声响。 飚（xuán 旋）：旋转。

⑤ 相思木：一名红豆树。乔木，木材坚重，红色，花纹美丽，是优良的雕刻和细木工用材。这里是指用相思木制成的琵琶。 帖金舞鸾：描金的舞鸾图案。

⑥ 攒蛾：蹙起眉头。蛾，蛾眉。 唼（shà 霎）：一种啸声。这里作动词用。 王琦注："《太平广记》载，店妇以子中恶，令人召一女巫至，焚香弹琵琶召请。盖唐时巫师之状，大率相同，如此诗所云。"

⑦ 歆（xīn 心）：鬼神进食称为"歆"。《说文解字》："歆，神食气也。"

⑧ 终南：终南山，又名秦岭。从甘肃经陕西到河南连绵达数百里。 平湾：指山间空缺之处。

⑨ 师：指女巫。

⑩ 关于巫师用琵琶卜吉凶的记载甚多，转摘两例如下，以供参考。刘敬叔《异苑》卷六："南平国蛮兵在姑熟，有鬼附之，声呦呦细长，或在檐宇之际，或在庭树上。每占吉凶，辄先索琵琶，随弹而言，事事有验。"张鷟《朝野金载》卷三："崇仁坊阿来婆弹琵琶卜，朱紫填门。浮休子张鷟曾往观之，见一将军紫袍玉带甚伟，下一匹细绫，请一局卜。来婆鸣弦柱，烧香，合眼而唱：'东告东方朔，西告西方朔，南告南方朔，北告北方朔，上告上方朔，下告下方朔。'将军顶礼既，告请甚多，必望细看，以决疑惑。遂即随意支配。"

# 高 轩 过①

韩员外愈、皇甫侍御湜见过，因而命作②

　　著名文豪韩愈和皇甫湜登门拜访，求见诗人。诗人欣然出见，并以眼前这件事做题目，当面写成这首诗，使两位来客大为称赞。相传诗人当时才仅仅七周岁。

　　华裾织翠青如葱，③金环压辔摇玲珑。
　　马蹄隐耳声隆隆，④入门下马气如虹。⑤
　　云是东京才子，⑥文章巨公。⑦
　　二十八宿罗心胸，⑧元精耿耿贯当中。⑨
　　殿前作赋声摩空，⑩笔补造化天无功。⑪
　　庞眉书客感秋蓬，⑫谁知死草生华风。⑬
　　我今垂翅附冥鸿，⑭他日不羞蛇作龙。

## 【今译】

　　华美的青衫像葱一般青翠。

　　金环坠在辔头上闪闪摇晃。

　　马蹄声震耳，犹如雷声隆隆。

　　进门下马，气概像虹霓似瑰伟！

中华聚珍文学丛书—李贺诗今译

啊,是洛阳城的大才子,

写文章的大文豪! 是他们——

胸中罗列着横贯整个天空的二十八宿,

天的精气在其间升腾、照耀!

在皇帝面前奉命作赋,朗朗的吟诵直上云霄。

一管笔增添造化之所无——连天也无能为

　　力的。

我这庞眉的读书人担心自己像秋蓬一样飘零

　　枯萎。

谁料到枯萎的草竟遇上了生气勃勃的风!

今日,垂着翅膀的鸟跟着高飞入云的鸿雁。

将来可不会惭愧是蛇却冒充是龙了。

## 【注释】

① 高轩:高敞的马车。指有气派的马车。 过:到来,光临。
题后原有"韩员外愈皇甫侍御湜见过因而命作"。

② 韩愈:字退之,河南南阳(即今河南省孟州市)人,比李贺大
二十四岁。唐代古文运动的倡导者,对当时的文坛和后世散文的
发展影响极大。 皇甫湜:见《仁和里杂序皇甫湜》注。《太平广
纪》卷二〇二引《摭言》:"李贺字长吉,唐诸王孙也。父瑨肃,边上
从事。贺年七岁,以长短之歌名动京师。时韩愈与皇甫湜贤贺所
业,奇之,而未知其人。因相谓曰:'若是古人,吾曹不知者。若是
今人,岂有不知之理?'二公因连骑造门,请其子。既而总角荷衣而

出,二公不之信,因面试一篇,贺承命欣然,操觚染翰,旁若无人,仍目曰《高轩过》。"王琦按:"元和三年,皇甫湜以陆浑尉应贤良方正,直言极谏举,指陈时政之失,为宰相李吉甫所恶,久之不调。其为侍御必在此年之后。韩为都官员外郎在元和四年,约其时长吉已弱冠矣,恐《摭言》七岁之说为误。否则此诗前一行十五字乃后人所增欤?"

③ 华裾:华丽的衣襟。这里借指衣服。 织翠:织成翠绿色。

④ 隐:这里作明盛貌。班固《西都赋》:"粲乎隐隐。"

⑤ 气如虹:曹植《七启》:"慷慨则气成虹霓。"

⑥ 云是:据说是。 东京才子:指皇甫湜。

⑦ 文章巨公:指韩愈。

⑧ 二十八宿:古代天文家选择了黄道赤道附近的二十八个星座,作为说明日月五星运行所到位置的坐标,称为"二十八宿"。罗:罗列。

⑨ 元精:宇宙间的精气。《后汉书·郎𫖮传》:"元精所生,王之佐臣。"李贤注:"元为天精,谓之精气。" 耿耿:光明辉照的样子。

⑩ 殿前:指皇帝跟前。

⑪ 造化:大自然。

⑫ 厖眉:黑白相杂的眉毛。《文选·王褒·四子讲德论》:"厖眉耆耇之老。"李善注:"厖,杂也。谓眉有黑白杂色。"张衡《思玄赋》:"尉厖眉而郎潜。"王琦注:"用颜驷厖眉皓发,老于郎署事。""厖"一作庞,古通用。 诗人是厖眉的,这里即指自己。

⑬ 生华风:因华风而复苏。

⑭ 垂翅:垂下翅膀,飞不起来。杜甫《奉赠韦左丞丈二十二韵》诗:"青冥却垂翅。" 冥鸿:在高空飞翔的雁。扬雄《法言》:"鸿飞冥冥,弋人何篡焉。"

# 溪 晚 凉

这首诗描写了秋夜山中静谧、优美的景色。

白狐向月号山风,<sup>①</sup>秋寒扫云留碧空。

玉烟青湿白如幢,<sup>②</sup>银湾晓转流天东。<sup>③</sup>

溪汀眠鹭梦征鸿,<sup>④</sup>轻涟不语细游溶。

层岫回岑复叠龙,苦篁对客吟歌筒。<sup>⑤</sup>

## 【今译】

白狐在月下仰首嗥叫,山风吹着……

秋夜的寒冷驱散浮云,留下澄碧的天空。

玉也似的烟气纯净而湿润,横在半山间,如同
　　白色的旗幡。

银河终夜流转,一直流转到东方拂晓……

山溪沙汀里歇息的白鹭在梦想那飞走的
　　雁儿,

而溪水泛着粼粼细波,安静缓慢地流淌……

重山叠岭,像是一条盘旋萦绕的巨龙。

苦竹在秋风里呼啸着，对我这个过客吟唱
不休。

## 【注释】

① 白狐：王琦注引《本草》："狐有黄、黑、白三种，白色者尤
稀。"鲍照《芜城赋》："木魅山鬼，野鼠城狐。风嗥雨啸，昏见晨趋。"

② 玉烟：指炊烟，在月光中白洁如玉。　幢（chuáng 床）：
旗幡。

③ 银湾：银河。　晓转：转晓。指银河终夜流转到晓。

④ 汀：水中沙地。　这句说雁已飞走，只有鹭还留着。

⑤ 歌筒：指箫笛。这里是因竹子而联想到箫笛，并非说风吹
竹子的声音和箫笛声相似。　又《昌谷诗》："柳缀长缥带，篁掉短笛
吹。"后句意与这句相类。

# 长平箭头歌[1]

诗人在战国著名的古战场——赵国长平访古。他拾到一只铜箭头，于是写诗记述了这件事。通过这首诗的斑斓色彩和浪漫想象，可以看到这只古铜箭头曾在诗人活跃的诗思中引起过多么绚丽的浮想！

漆灰骨末丹水砂，[2]凄凄古血生铜花。[3]
白翎金簳雨中尽，[4]直余三脊残狼牙。[5]
我寻平原乘两马，驿东石田蒿坞下。[6]
风长日短星萧萧，[7]黑旗云湿悬空夜。
左魂右魄啼肌瘦，酪瓶倒尽将羊炙。
虫栖雁病芦笋红，回风送客吹阴火。[8]
访古汍澜收断镞，[9]折锋赤璺曾刲肉。[10]
南陌东城马上儿，劝我将金换簝竹。[11]

**【今译】**

漆一般黑，骨粉一般白，丹水砂一般红，
古老的血迹化成凄冷碧绿的铜锈。
白翎毛、金箭杆，风雨中销磨尽了，

只剩得三棱的残破的狼牙箭头。

我在平原——这古战场的遗址上寻找,乘着
　　双套马车。

我在驿站东面的乱石堆、蒿草窝中寻找。

风,不停地吹。太阳,转眼就沉没了。星,疏
　　疏朗朗出现。

像黑色旗子一般,云,潮湿地挂在夜空……

幽魂们围在我左右,哭诉着饥饿、消瘦。

倾尽了酪瓶,我又取出烤羊肉来……他们终
　　于满足而去。

夜那么静。虫子睡了。雁儿累坏了,躲在发
　　红的芦苇中。

旋风忽起,送我离去,吹动无数阴森的磷火!

访古,我流着泪,收起拾到的断箭头。

折断的尖端暗红、开裂——曾穿透过人的
　　皮肉。

南郊、东城那些驰马射猎的年青人,

都劝我买一根好竹竿,把它配成一支箭。

## 【注释】

① 长平:在今山西高平市西北二十里王报村。李吉甫《元和

郡县图志》卷十五："长平故城,在县西二十一里,白起破赵四十万众于此,尽杀之。"王琦注引《图书编》:"长平驿即秦白起坑卒四十万人处也。问居人,不能指其所,第云:旁村人锄地,尚得铜簇如绿玉。"

② "漆灰"句:形容箭头的各种颜色。

③ 铜花:铜锈斑。

④ 白翎:箭末的羽毛。翎(líng 零)。 金簳:漆金的箭干。簳(gàn 干),箭干。

⑤ 三脊:三棱形。 狼牙:狼牙箭。

⑥ 驿:指长平驿。 蒿坞:蒿草丛生的洼地。

⑦ 萧萧:疏疏落落的样子。

⑧ 王琦注:"'瘦'、'炙'、'火'三字皆不同韵,亦不相通,疑有讹处。以意度之,或是'左魂右魄啼肌瘦,酪瓶倒尽将羊炙。虫栖雁病芦笋红,阴火回风吹送客'。"

⑨ 汍澜:流泪的样子。汍(wán 丸)。

⑩ 璺(wèn 问):拆裂。 刲(kuī 亏):割破。

⑪ 金:指钱。 簝竹:簝(liáo 僚),古代宗庙盛肉的竹器。王琦注:"簝有'聊'、'劳'、'老'三音,然皆不作竹名解,恐字有讹。"

# 吕将军歌

中华聚珍文学丛书—李贺诗今译

　　据《唐书》：元和四年，王承宗据恒山郡叛。宪宗遣宦官吐突承璀、宋惟澄、曹维玉、刘国珍、马江朝等帅兵讨伐。时谏官御史纷纷上书反对，认为"自古无中贵人为兵马统帅者"。诗人此诗之"傅粉女郎"即指宦官统兵者而言。诗中通过描述吕将军的遭遇，对宪宗这一昏愦的举措表示了极大的反感。

　　　　吕将军，骑赤兔。①
　　　　独携大胆出秦门，②金粟堆边哭陵树。③
　　　　北方逆气污青天，④剑龙夜叫将军闲。⑤
　　　　将军振袖拂剑锷，⑥玉阙朱城有门阁。⑦
　　　　榼榼银龟摇白马，⑧傅粉女郎火旗下。⑨
　　　　恒山铁骑请金枪，⑩遥闻箙中花箭香。⑪
　　　　西郊寒蓬叶如刺，⑫皇天新栽养神骥。⑬
　　　　厩中高桁排蹇蹄，⑭饱食青刍饮白水。⑮
　　　　圆苍低迷盖张地，⑯九州人事皆如此。
　　　　赤山秀铤御时英，⑰绿眼将军会天意。⑱

## 【今译】

　　吕将军，

骑一匹赤兔马。

独自带着浑身勇气走出京城的大门。

在金粟山前,瞻望陵树,他痛哭失声!

北方叛逆们的气焰染污了明朗的天空。

宝剑在深夜发出战叫,将军却闲坐无聊。

将军抖抖衣袖,擦亮那锋利的剑刃,

他的心又飞到京城——皇宫的门阁深沉!

(以上写吕将军空有一身勇力,却是报国无门)

腰间佩挂着银龟印玺,摇摇摆摆,骑一匹
　　白马。

"涂脂抹粉的女郎"做了主帅,在火红军旗之
　　下显威风。

恒山的剽悍的骑兵们前来挑战,

老远地,他们就嗅着他箭囊里花箭的香气了!

(以上描写了宦官主帅的丑态,下面便把他和
　　吕将军加以比喻的对照)

西郊的寒蓬,叶子有如刺一般尖利。

是老天爷新近栽种,来喂养神马的。

马厩中,高高的桁木边排满了劣马。

它们却饱吃鲜草料,喝着干净水。

啊！浑圆的苍穹，低矮、迷茫，像盖子覆罩大地。

普天下的人事都是这样：荒谬，颠倒，没有道理。

赤山之精、耶溪之铤——是战斗的出色的武器呵。

绿眼将军，请好好地寻味这天意的安排吧！

## 【注释】

① 吕将军：不详何人。 赤兔：马名。《三国志·魏书·吕布传》："布有良马曰赤兔。"裴注：时人语曰："人中有吕布，马中有赤兔。" 这里因将军姓吕，故称他的坐骑为赤兔，亦含有称赞吕将军有如吕布之勇猛善战的意思。

② 独携大胆：《三国志·蜀书·姜维传》裴注引《世说》："姜维死时见剖，胆如斗大。" 这里是作艺术化的夸张的用法，意思是说吕将军空有一身勇力，而无人赏识。 出秦门：指离开京城。秦门，长安城的城门。

③ 金粟堆：唐玄宗的陵墓所在。刘肃《大唐新语》卷十："玄宗尝谒桥陵，至金粟山，睹冈峦有龙盘凤翔之势，谓左右曰：'吾千秋后宜葬此地。'宝应初，追述先旨，而置山陵焉。" 哭陵树：即哭陵。吕将军当是玄宗旧臣，抚今追昔，怀念玄宗时的恩遇，所以哭。

④ 北方逆气：指王承宗叛乱。亦泛指北方藩镇各自割据，互相结盟，不服从中央的命令。

⑤ 剑龙夜叫：剑龙，即剑。古时有剑化为龙的传说。据《晋书·张华传》，张华与雷焕掘得古宝剑，乃干将、莫邪也，各佩其一，

然俱以为此神物，终当化去复合。及张华诛，失所佩剑。后雷焕亦卒，其子华佩父遗剑经延平津，剑忽于腰间跃出堕水。使人没水取之，不见剑，但见两龙各长数丈，蟠萦有文章。没者惧而反。华叹曰："先君化去之言，张公终合之论，此其验乎！"剑叫，古人有宝剑自鸣的传说。《殷芸小说》："王子乔墓在京陵，战国时，有人盗发之，睹之无所见，惟有一剑悬在空中，欲取之，剑作龙鸣虎吼，遂不敢近。俄而径飞上天。"这里是以剑鸣衬托吕将军希望杀敌立功的心情。

⑥ 剑锷：剑的锋刃。

⑦ 玉阙朱城：指皇帝所在的京城、宫殿。 有门阁：门禁森严，殿阁重重。这句是说皇帝难于接近，无从请战。

⑧ 榼榼银龟：形似酒榼的银龟。《急就篇》注："榼，盛酒之器。其形榼榼然也。"白居易《东城晚归》诗："一条筇杖悬龟榼，双角吴童控马衔。"李贺诗："腰龟徒整银。"以银龟之印为"银龟"。 这句是以"银龟""白马"代表主帅。

⑨ 傅粉：在脸上搽粉。 火旗：指红色军旗。李白《送程刘二侍御兼独孤判官赴安西幕府》诗："火旗云马生光彩。" 这两句讽刺宦官当统帅者的扭扭捏捏的形象。

⑩ 恒山铁骑：指王承宗的叛军。恒山，今河北省正定和赵县地。 请金枪：挑战比试枪法。

⑪ 箙：箭筒。 花箭香：这是讽刺的夸张说法，与"傅粉女郎"的形象一致。 以上二句是写宦官将领的卑怯无能。

⑫ 蓬：蒿草。

⑬ 皇天：老天爷。 神骥：指德才兼备的马。 这句也是讽刺的写法，意思是说神骥无人爱惜，丢在田野上吃蓬蒿。

⑭ 高桁：高大的系马横木。 蹇蹄：劣马。

⑮ 青刍：新鲜草料。 白水：干净的水。 以上二句说劣马反被供养在马厩里，住得好，吃喝得好。

⑯ 圆苍：指天。 张地：覆盖大地。 这句说天地间一片迷茫

不明。

　⑰赤山秀铤：即"赤山之精，耶溪之铤"的简缩说法。指古代宝剑。《越绝书》卷十一："当造此剑之时，赤堇之山破而出锡，若耶之溪涸而出铜。"《会稽记》："昔欧冶子造剑于此山云，涸耶溪而采铜，破赤堇而取锡。"张景阳《七命》："耶溪之铤，赤山之精。"铤（dìng 定）：金属矿石。　御时英：战斗的精良武器。

　⑱绿眼将军：指吕将军。　以上二句含有吕将军这样的人才终有一天施展的意思。

# 官 街 鼓①

　　历代封建帝王中好神仙、求方士,以图长生不老的不乏其人。唐宪宗便是一个。诗人在这首诗中,借秦始皇、汉武帝做例子,辛辣地讽刺了他们的愚妄和徒劳。

　　晓声隆隆催转日,暮声隆隆催月出。
　　汉城黄柳映新帘,②柏陵飞燕埋香骨。③
　　碨碎千年日长白,④孝武秦皇听不得。⑤
　　从君翠发芦花色,独共南山守中国。⑥
　　几回天上葬神仙,⑦漏声相将无断绝。⑧

## 【今译】

　　拂晓,它隆隆的响声催促太阳运转。
　　黄昏,它隆隆的响声催促月亮升起。
　　汉朝京城里,嫩黄的柳枝掩映着崭新的帘帷。
　　森森柏树间,陵墓中埋葬着飞燕的骸骨。
　　鼓声,捣碎一千年那无尽的白昼。
　　鼓声,汉武帝和秦始皇听它不得。
　　鼓声,任由你乌亮的头发变作芦花般的雪白。

鼓声,孤独地,和终南山一起守护着京城。

多少回,天上举行神仙的葬礼?

鼓声,却跟漏声互相扶持着,永无休止,永不
消逝……

## 【注释】

① 官街鼓:大街上的鼓声。这是指京城里报晓戒夜的鼓点。
《新唐书·百官志》:"日暮,鼓八百声而门闭。……五更二点,鼓自
内发,诸街鼓承振,坊市门皆启。鼓三千挝,辨色而止。"叶廷珪《海
录碎事》卷十六:"马周上言:'令金吾每街隅悬鼓,夜击以止行李,
以备寇盗。'时人呼曰冬冬鼓也。"

② 汉城:指长安。汉、唐两朝都把它作首都。这句含有时代
变迁,世事更新的意思。

③ 柏陵:帝王陵寝多栽柏,故称柏陵。 飞燕:姓赵,汉武帝
宠妃,后为皇后。这里借指当时的宫嫔。 香骨:古时文人称女性
的骸骨。

④ "碾碎"句:是说千年漫长的时光在鼓声中消逝了。

⑤ 孝武:汉武帝刘彻谥号孝武皇帝。汉武帝和秦始皇都是著
名的追求长生不老的皇帝,所以说他们不宜听这标志时光流逝的
鼓声。

⑥ 南山:指终南山。 中国:即国中,指京城。

⑦ "几回"句:是说时间逝去了许多。

⑧ 漏声:古代计时器滴漏的滴水声。

# 出城寄权璩杨敬之①

　　此当是李贺同权、杨二人赴考,二人中式而贺独铩羽而作。李贺参加过洛阳科考,但不是进士试,盖其居住的昌谷老家,即在洛阳附近。(参见《河南府试十二月乐词》)出城是离开洛阳城还昌谷的家。赵匡《选举议》:"大抵举选人,秋初就路,春末方归。"此诗一开头即描写春末的风光,春色如此撩人,诗人的心情却如此闷闷不乐,两者形成对比,更见感叹之沉痛。

　　　草暖云昏万里春,宫花拂面送行人。
　　　自言汉剑当飞去,②何事还车载病身?

## 【今译】

　　地下和暖的芳草,天上昏暗的浮云,
　　　哦,这万里春光。
　　从宫墙垂下的繁花轻拂着脸颊,一路相
　　　送……
　　我曾经自许要像汉高祖的斩白蛇剑,一飞冲天。
　　为什么,如今却独自病恹恹地让车子送我
　　　回家?

## 【注释】

① 权璩：字大圭，元和初进士，尝为监察御史，官至中书舍人。杨敬之，字茂孝，元和初进士，尝任户部郎中，官至大理卿检校工部尚书。史载两人皆李贺好友。

② 汉剑：指汉高祖斩白蛇剑。刘敬叔《异苑》卷二："晋惠帝太康五年，武库火，烧汉高祖斩白蛇剑、孔子履、王莽头等三物。中书监张茂先惧难作，列兵陈卫，咸见此剑穿屋飞去，莫知所向。"

中华聚珍文学丛书——李贺诗今译

# 竹

　　李贺家居昌谷,是一个竹材丰富之所。他既写过《昌谷北园新笋四首》,在此诗中,又对竹予以由衷的赞美。自从《楚辞·离骚》之后,美人香草便成为人格高洁的比喻。这首咏物诗,借咏竹比喻了诗人的境遇和抱负,也使人感受到他正直的人格。

入水文光动,抽空绿影春。

露华生笋径,苔色拂霜根。

织可承香汗,裁堪钓锦鳞。

三梁曾入用,一节奉王孙。<sup>①</sup>

## 【今译】

你倒影在水里,化作花纹,与水光翩翩起舞。

你静静地向天空伸展,用翠绿宣示春天到来。

小径蜿蜒,露花缀满你尖尖的笋苞。

青苔也悄悄追随,涂抹上你冰冷坚韧的根须。

竹子啊!农夫把你砍下、剖开、编织,

　　就成了美人纳凉的席子。

渔夫用来做成钓竿,钓起那彩色斑斓的鲤鱼。

我呢,想请匠人制作三梁进贤冠,

只要你一节就足够了。

## 【注释】

① 三梁:冠名。《后汉书·舆服志下》:"进贤冠,古缁布冠也,文儒者之服也。前高七寸,后高三寸,长八寸。公侯三梁,中二千石以下至博士两梁,自博士以下至小史私学弟子,皆一梁。" 王孙:李贺是郑王后裔,因以自称,参见贺诗《许公子郑姬歌》:"蛾鬟醉眼拜诸宗,为谒皇孙请曹植。"王琦注:"皇孙、曹植皆以自谓。"

# 古 悠 悠 行

　　自古帝王大都希望能够长生不老,从秦始皇、汉武帝至唐朝的君主,莫不如是。本篇以时空之无尽,与事物之短暂作比喻,含蓄然而毫不留情地讽刺了他们的愚蠢和妄想。

　　白景归西山,碧华上迢迢。
　　古今何处尽,千岁随风飘。
　　海沙变成石,鱼沫吹秦桥。①
　　空光远流浪,铜柱从年消。②

## 【今译】

　　太阳返回西山,熄灭了它的光芒。
　　月亮升上天空,就像一朵翠绿的花。
　　古往今来,哪里才是尽头啊?
　　一千年,都随风而去,飘散无踪。
　　海里的沙砾凝聚成了顽石,
　　秦皇用它修筑海桥,又让鱼的唾沫吹成沙砾。
　　时空光影由近及远,奔流不息。
　　汉武求仙的铜柱,年复一年,已消磨殆尽。

**【注释】**

　① 秦桥：徐坚《初学记》引《三秦记》："青城山，秦始皇登此山，筑城，造石桥，入海三十里。"按，秦始皇此举即是以入海求长生不死仙药为目的。

　② 铜柱：《史记·孝武本纪》："其后则又作柏梁、铜柱、承露仙人掌之属矣。"颜师古注："《三辅故事》曰'建章宫承露盘，高三十丈，大七围，以铜为之，上有仙人掌承露。'"按，汉武帝建造仙人承露盘，收集露水合药，就是听信方士服食求仙的鬼话。

# 伤 心 行

李贺一生贫病交迫，他的抒情之作，大多都显得悲凉刺骨，这其实也从一个方面，让我们窥视到那个时代一般贫士的可悲境况。诗人的早逝，与此应该有着不可否定的关联。

咽咽学楚吟，<sup>①</sup>病骨伤幽素。<sup>②</sup>
秋姿白发生，木叶啼风雨。
灯青兰膏歇，<sup>③</sup>落照飞蛾舞。
古壁生凝尘，羁魂梦中语。

## 【今译】

呜呜咽咽地，尝试着楚辞声调，
在秋天里，一身病骨格外凄凉。
秋的身影还添上了白发，
窗外，树叶在风雨中哭泣。
灯油将尽，火苗正逐渐黯淡。
而飞蛾仍然飞舞，扑向它的余辉。
这老屋子，除了满壁灰尘，还有什么？
哦，我作客异乡的灵魂，在梦里喃喃自语。

**【注释】**

① 学楚吟：指自己作诗，学习《楚辞》的瑰奇和悲情。

② 幽素：指秋气侵人肌骨。

③ 兰膏：灯油的美称。《楚辞·招魂》："兰膏明烛，华容错些。"王逸注："兰膏，以兰香炼膏也。"

# 申胡子觱篥歌

　　宋人沈义府曾经说过，要写好宋词，有三个唐代诗人的作品不可不读，就是李贺、李商隐和温庭筠。由此可以窥知，这三人与宋词有相当密切的关系。义山和飞卿以擅长艳体见称，较好理解。李贺则不是那样。本篇的小序，让我们知道，他一生大量写作歌词，而且在当时就以善写长调著名。唐人的乐府发展到中晚之后，如何向词体过渡，未见有明确的记载，但一定是有关联的。因此，这篇小序也就成为一个不应忽略的文献。

　　申胡子，朔客之苍头也。<sup>①</sup>朔客李氏亦世家子，得祀江夏王庙，当年践履失序，遂奉官北部。自称学长调短调，久未知名。<sup>②</sup>今年四月，吾与对舍于长安崇义里，遂将衣质酒，命予合饮。气热杯阑，因谓吾曰："李长吉，尔徒能长调，不能作五字歌诗。直强回笔端，与陶谢诗势相与几里。"吾对后，请撰《申胡子觱篥歌》，以五字断句。<sup>③</sup>歌成，左右人合噪相唱，朔客大喜，擎觞起立，命花娘出幕，徘徊拜客。吾问所宜，称善平弄，于是以弊词配声，与予为寿。<sup>④</sup>

颜热感君酒，含嚼芦中声。<sup>⑤</sup>

花娘篸绥妥，休睡芙蓉屏。⑥
谁截太平管，列点排空星。⑦
直贯开花风，天上驱云行。⑧
今夕岁华落，令人惜平生。⑨
心事如波涛，中坐时时惊。⑩
朔客骑白马，剑弝悬兰缨。⑪
俊健如生猱，肯拾蓬中萤。⑫

## 【今译】

面红耳热，感谢你的隆情厚意，请我喝酒。
还命申胡子——你的随从演奏觱篥，
花娘梳妆打扮，从芙蓉屏风出来拜客。
谁制作的太平管，一排笛孔，恍如天空的
　星星。
劲直的芦管声，穿透了催花的春风，
又像扬起的长鞭，驱赶着满天的晴云。
今夜，春天将尽，华年飞逝，惹人感慨。
我百感交集，心潮激荡。
听曲喝酒，心中却惶恐不安。
北方的客人啊，骑一匹白马，剑柄上悬挂

漂亮的红缨。

他那么英俊、矫健，有似生猛的猿猴，

却要学我这书呆子，囊萤苦读！

## 【注释】

① 申胡子：姓申，大约以胡须丰密得此名号。朔客，北方南来的客居之人，此指李氏。 苍头：私人仆从，以头裹黑布得名。《史记·项羽本纪》："少年欲立婴便为王，异军苍头特起。"应劭曰："苍头特起，言与众异也。苍头，谓士卒皂巾。"

② 江夏王庙：李道宗，太宗时以战功封江夏王。按，李氏盖其后人，故得守护王庙，又称其"世家子"。 践履失序：谓奉祭祀时失礼。 北部：泛指北方边防地区。 长调：指七言歌行。短调：指五言古风。

③ 将衣质酒：谓李氏把衣服作抵押换酒饮。李白《将进酒》："五花马，千金裘，呼儿将出换美酒，与尔同销万古愁。" 陶谢：指陶渊明、谢灵运，唐人奉为五言诗的大手笔。杜甫《江上值水如海势聊短述》："安得诗如陶谢手，令渠述作与同游。" 觱篥：一种西北少数民族的乐器。《通典》卷一百四十四："觱篥，本名悲篥，出于胡中，其声悲。"《文献通考》卷一百三十八："觱篥一名悲篥，一名笳管，羌、胡、龟兹之乐也。以竹为管，以芦为首，状类胡笳而九窍。所法者角音而甚悲栗。"

④ 花娘：当是李氏所畜歌姬。 平弄：谓缓声曼歌。 与予为寿：为李贺庆生。按，与诗中"今夕岁华落，令人惜平生"合看，当日恰逢李贺生辰。

⑤ 含嚼：指吹奏也。 芦中声：以芦管作乐器吹奏。李益《夜上受降城闻笛》诗："不知何处吹芦管，一夜征人尽望乡。"按，此借

芦笛指觱篥。

⑥ 篸绥妥：发簪下垂貌。篸，同簪。 休睡句：中止在芙蓉屏内睡觉。按，这暗示花娘之宠姬身份，不同于侑酒歌妓。

⑦ 太平管：一种管乐器。《文献通考》卷一百三十八："太平管形如跋膝而九窍，是黄钟一均，所异者头如觱篥耳。唐天宝中史盛所作。"按，此借指觱篥。或以为本篇实咏太平管，盖误也。 星：李贺屡以"星"比喻笛孔，参见《龙夜吟》。

⑧ 开花风：指晚春之风。程大昌《演繁露》卷一："三月花开时，风名花信风。" 驱云行：《列子·汤问》："薛谭学讴于秦青，未穷青之技，自谓尽之，遂辞归。秦青弗止，饯于郊衢，抚节悲歌，声振林木，响遏行云。"按，此借用其典故，以形容觱篥声之高亢嘹亮。

⑨ 今夕二句，由于适逢自己生日，故弥生感慨。

⑩ 中坐：犹坐中。 惊：因又长一岁，而依旧一事无成，故思之惊惶也。

⑪ 剑玭：王琦注："玭当作杷。"即剑柄。 兰缨：对剑首韬带的美称。

⑫ 猱：又名猕猴，身手便捷，善攀援。 蓬中萤：《晋书·车胤传》："胤恭勤不倦，博学多通。家贫不常得油，夏夜则练囊盛数十萤火以照书，以夜继日焉。"按，此句称赞李氏虽武士而肯用心学习诗歌。

# 酒罢张大彻索赠诗
# 时张初效潞幕①

张彻是韩愈的门生，又是其从子婿。韩愈曾经亲自登门拜访李贺，又著文为他鸣不平。可知诗人和张彻关系非同一般。本篇即在饯别张氏赴潞州幕任职时而作，诗中不乏称美、期许之辞，也毫不讳言自己的狼狈和失意，可说是酒后吐真言吧。全诗奇思妙语泉涌，充分展示出诗人的天纵才华。

> 长鬣张郎三十一，②天遣裁诗花作骨。
> 往还谁是龙头人，③公主遣秉鱼须笏。④
> 太行青草上白衫，⑤匣中章奏密如蚕。⑥
> 金门石阁知卿有，⑦豸角鸡香早晚含。⑧
> 陇西长吉摧颓客，酒阑感觉中区窄。⑨
> 葛衣断碎赵城秋，⑩吟诗一夜东方白。

## 【今译】

三十一岁的张郎，有一副漂亮的长胡子。

天赋又高，做起诗来骨子里好比是花枝一般。

交游朋辈，都捧你作"龙头"。公主闻名，

要请你做侍从之臣。

你接受了潞王的延聘，

　　从此太行山的青草色染上了你的白袍。

你经常接受起草章奏，

　　匣中的稿子因为涉及机密，

　　如蚕茧那样层层封存。

金马门、石渠阁，可知一定会接纳你。

戴上獬豸冠、口含鸡舌香，做皇帝的近侍，

　　那是早晚的事。

我这陇西李长吉真是倒霉透了，

　　作客饮酒，到底摆脱不了满心郁闷。

一身白葛衣破破烂烂，

　　在这赵城秋天的寒风中。

我终夜苦苦地吟诵作诗，不觉间东方已经

　　发白。

## 【注释】

　　① 张大：名彻，韩愈门生，元和四年进士，官至范阳府监察御史，长庆中迁殿中侍御史。　潞幕：在潞州当幕僚。潞州，属唐河东道。领上党、长子、屯留、潞城、壶关、黎城、铜鞮、乡县、襄垣、涉县，唐玄宗尝在此设大都督府，治所在今山西省长治市。

② 长鬣：长胡子。《北史·许惇传》："惇美须，下垂至带，省中号'长鬣公'。"

③ 龙头人：《三国志·魏书·华歆传》裴注引《魏略》："歆与北海邴原、管宁俱游学，三人相善，时人号三人为'一龙'：歆为龙头，原为龙腹，宁为龙尾。"

④ 鱼须笏：周朝时大夫朝笏以有斑纹的鱼皮为饰。《礼记·玉藻》："大夫以鱼须文竹。"正义："文，饰也。"按唐代借公主引荐是进入仕途的一个门径，张彻大约正是通过某公主推荐到潞州做幕僚。

⑤ 太行：太行山。唐代属潞州境，此代指潞州。 青草上白衫：古时未入仕称白衣，入仕下级官员著青袍，此比喻张氏初入仕为官。

⑥ 匣中句，古代负责为长官起草章奏，要求保密，不可示人。此句意说张氏任秘书一类近密的职务。 章奏：上书朝廷的文件。

⑦ 金门：即金马门。 石阁：即石渠阁，均朝廷中皇帝秘书班子的出入场所。

⑧ 豸角：指獬豸冠，监察御史服饰。 鸡香：即鸡舌香，尚书郎上朝所用，含在口里，为对答皇帝咨询时气味芳香。

⑨ 中区：胸部。此指心。

⑩ 葛衣：山人之衣，犹白衣。按，葛衣为夏天之服，眼下已是秋天，且衣复破弊，可知诗人之穷蹙。 赵城：旧县名，今改镇，属山西省临汾市。按，临汾与长治为邻，这里以泛称潞州。

# 勉爱行二首送小季之庐山（选一）

诗人一生为贫乏所困扰,诗集中常常可见他的哀叹。本篇是他与最小的幼弟为谋生被迫分离之作,诗中反复咏叹他对弟弟的怜惜和无奈,感情深挚,字字血泪,读后使人虽千载之下,亦不禁为之掩卷黯然。小季,指最小的弟弟。古时以孟、仲、季作兄弟排行。

别柳当马头,官槐如兔目。①

欲将千里别,持此易斗粟。

南云北云空脉断,灵台经络悬春线。②

青轩树转月满床,下国饥儿梦中见。③

维尔之昆二十余,年来持镜颇有须。④

辞家三载今如此,索米王门一事无。⑤

荒沟古水光如刀,庭南拱柳生蛴螬。⑥

江干幼客真可念,郊原晚吹悲号号。⑦

## 【今译】

我们分手之时,柳树枝条垂到马头,
　官槐叶子大如兔目。

中华聚珍文学丛书——李贺诗今译

你作千里远行,只不过为了挣一口饭吃。

有如天上的云被风吹断,分成了南北;

彼此的心却让一根线牵系,

　　哦,像那晚春的游丝!

夜里睡不好,眼睁睁看着满床的月光,

　　和随之转移的树影。

合上眼,我又梦见总吃不饱的你,

　　消瘦的面容……

唉!做了二十年的哥哥,

近来揽镜自照,我已经长胡须了。

想我离家到东都游宦,不觉间三年过去,

　　却一事无成。

我就像废弃荒沟的死水,

　　纵有宝刀的锋芒又有何用?

　　而你,就像庭院中满身虫眼的细柳。

弟弟啊,流浪江边的童子!我多么怀念你,

在这洛阳城外,荒凉原野,

　　傍晚的号角正凄惨地呼叫。

## 【注释】

① 官槐:官道两旁所种槐树。《旧唐书·吴凑传》:"官街树

缺,所司植榆以补之。凑曰:'榆非九衢之玩。'亟命易之以槐。"兔目,指新出槐叶。《艺文类聚》引《庄子》:"槐之生也,入季春,五日而兔目,十日而鼠耳。"

②南云句,借云作喻,写念弟之情。陶渊明《停云诗》:"停云,思亲友也。"杜甫《恨别》诗:"忆弟看云白日眠。" 灵台:指心。《庄子·庚桑楚》:"不可内于灵台。"郭象注:"灵台者,心也。" 经络:人体一种生气流转的通道。此借指兄弟血脉之情。 春线:指晚春随处可见的游丝,即昆虫结茧时吐的丝。按,诗人以暮春时满眼游丝,比喻凌乱的心绪。

③下国:京城以外地域的通称。

④年来句:古诗《陌上桑》:"缣缣颇有须。"

⑤索米王门:指到京城谋求入仕。《汉书·东方朔传》:"无令但索长安米。"

⑥拱柳:拱把的柳树,形容弱小。 蛴螬:金龟子的幼虫,以植物为食。

⑦江干:江边。干读仄声。 晚吹:傍晚的风。一说,指城中号角。

# 难 忘 曲

　　据考,篇名出自汉乐府《相逢行》:"君家诚易知,易知复难忘。"大概是诗人奉某达官之请即席创作,随即交付乐师演唱的。诗中描写了达官家中的行乐情景。其中第二联描绘生动,措语精警,手法独特。尾联亦写得丰腴流丽,表现出高超的白描技巧。

　　　　夹道开洞门,弱杨低画戟。①
　　　　帘影竹华起,箫声吹日色。
　　　　蜂语绕妆镜,画蛾学春碧。②
　　　　乱系丁香梢,满栏花向夕。③

## 【今译】

　　　　一重又一重门夹道敞开着,
　　　　娇弱的杨柳枝头耸起一排画戟。
　　　　阳光灿烂,花影落在竹帘子上,
　　　　帘子掀起时,阵阵箫笛的乐声传了出来。
　　　　蜜蜂嗡嗡,一边绕着梳妆镜台飞过,
　　　　美人儿正专心地描画一双柳叶眉。

春风吹拂，把丁香的枝梢胡乱纠缠起来，

倾泻到栏杆上的花，不停地摇晃，直到太阳

偏西。

## 【注释】

① 洞门：《汉书·董贤传》："重殿洞门。"颜师古注："洞门，谓门门相当也。" 画戟：指门墙装饰。《旧唐书·德宗纪》："诏以太尉、中书令、西平郡王李晟长子愿为银青光禄大夫、太子宾客，赐勋上柱国，与晟门并列戟。"按，这二句借指某权贵之家。

② 春碧：春天的碧绿颜色。按，此借指柳色，并以学比喻描画柳叶眉。

③ 丁香：常绿乔木，仲春开花，花多呈紫白二色，花繁色艳，芳香浓烈。按，写美人梳妆向晚，隐喻贵人将作夜宴之乐。

中华聚珍文学丛书—李贺诗今译

# 冯 小 怜

　　据《隋书》记载,冯小怜,原是北齐后主高纬皇后穆邪利的侍女,后被高纬封为淑妃。她聪明伶俐,弹一手好琵琶,能歌善舞,深得高纬宠幸。诗中主要写当时的歌妓,也叫冯小怜,曾经当红一时,不过诗人遇见她的时候,已经年老色衰。诗人在欣赏了她的演奏之余,感慨其遭遇,写下此诗,并寄寓了"同是天涯沦落人"的喟叹。

　　　　湾头见小怜,请上琵琶弦。
　　　　破得春风恨,<sup>①</sup>今朝值几钱?
　　　　裙垂竹叶带,鬓湿杏花烟。
　　　　玉冷红丝重,齐宫驾妾鞭。<sup>②</sup>

## 【今译】

　　　　在湾头遇见冯小怜,
　　　　我请她弹奏一曲琵琶。
　　　　琵琶令人陶醉,能破解春愁,
　　　　可惜啊,今天却挣不了几个钱。
　　　　腰间垂挂着竹叶样的裙带,

发鬓上簪插带露的杏花，遮掩不住人老珠黄。

齐皇后的女官也叫冯小怜，随从车驾，

一鞭在手——白玉的冷，鞭丝的红，气派可

大不相同。

## 【注释】

① 春风恨：指春愁。李白《清平词调》："解释春风无限恨，沉香亭北倚阑干。"此句意说演奏琵琶可使听者忘却忧愁。

② 齐宫：指南朝齐王宫。 驾妾：随从侍女，指冯小怜。此二句以冯微时的娇艳作喻，反衬歌伎老大沦落。

中华聚珍文学丛书—李贺诗今译

# 铜 驼 悲

这大约是诗人落第之后所作。他本想趁清明时节外出散步赏花,以排遣内心的苦闷。但是独自一人来到洛阳城郊,置身春游的人群当中,愈加感觉孤独无依。于是,他以铜驼为题,借这个不被人留意的古物,表达了自己对社会的不平和愤懑。

落魄三月罢,①寻花去东家。

谁作送春曲,洛岸悲铜驼。②

桥南多马客,北山饶古人。③

客饮杯中酒,驼悲千万春。

生世莫徒劳,风吹盘上烛。

厌见桃株笑,铜驼夜来哭。④

## 【今译】

失魂落魄地,在这三月的春风里。

向东家去看花,好排解满腔郁闷。

春天快过完了,洛水岸边,铜驼好伤心。

桥南,骑马来赏花的客人,非常多。

北邙山上,古人的坟墓,也多得很。

赏花的人们闹腾着,饮酒作乐,

铜驼伤心地站立在旁,年复一年。

唉,忙忙碌碌一辈子,到头来得到什么?

人生像那风吹蜡烛,转眼就灭。

厌倦了这年年欢笑的桃花,

我听见,铜驼在夜里独自哭泣。

## 【注释】

① 落魄:又作落泊。《汉书·郦食其传》:"家贫落魄,无衣食业。"按,此指应试下第,参见《出城寄权璩杨敬之》题解。

② 铜驼:《太平寰宇记》卷三"铜驼街"引陆机《洛阳记》:"汉铸铜驼二枚,在宫南四会道头,夹路相对。俗语云:'金马门外聚群贤,铜驼陌上集少年。'言人物之盛也。"又《晋书·索靖传》:"靖有先识远量,知天下将乱,指洛阳宫门铜驼,叹曰:'会见汝在荆棘中耳。'"故铜驼也成为象征治乱兴亡的典故。

③ 北山:指北邙山,在河南省洛阳市北。此山历代为上至帝王将相下至普通百姓葬埋之地。王建《北邙行》:"北邙山头少闲土,尽是洛阳人旧墓。"

④ 桃株笑:桃花盛开。按,这里兼指洛阳城人们每年春游赏花的活动。

# 猛 虎 行

　　"苛政猛于虎",出自《礼记·檀弓下》:"孔子过泰山侧,有妇人哭于墓者而哀。夫子式而听之,使子路问之曰:'子之哭也,一似重有忧者。'而曰:'然。昔者吾舅死于虎,吾夫又死焉,今吾子又死焉。'夫子曰:'何为不去也?'曰:'无苛政。'夫子曰:'小子识之!苛政猛于虎也。'"诗人衍为本篇,用来讽刺当时官府对老百姓的压榨之残酷。王琦注认为是以猛虎比喻割据军阀,其说可参考。

　　长戈莫舂,强弩莫抨。

　　乳孙哺子,教得生狞。

　　举头为城,掉尾为旌。①

　　东海黄公,愁见夜行。②

　　道逢驺虞,③牛哀不平。④

　　何用尺刀,壁上雷鸣。⑤

　　泰山之下,妇人哭声。⑥

　　官家有程,吏不敢听?

## 【今译】

　　长戈不能刺杀,长弩不能射杀。

它生子,子又生孙,调教得凶猛异常。

它有着巨大的头颅,和旗杆似的尾巴。

东海黄公,那捕虎能手,也不敢在夜里出门。

路上遇见驺虞——虎形的仁兽,骗人罢了。

就是牛哀,一个病人变成了虎,也会吃人。

不用赤刀,让它闲挂墙上,徒然发出雷鸣。

可记得,泰山之下,那位妇人的哭声。

官家颁布苛政,官吏们敢不执行?

## 【注释】

①"举头"二句:极力形容虎之威猛。王充《论衡·率性》:"鲧为诸侯,欲得三公,而尧不听。怒甚猛兽,欲以为乱。比兽之角可以为城,举尾以为旌。奋心盛气,阻战为强。"

②东海黄公:传说中捕虎能手。《西京杂记》载:"有东海人黄公,少昔为术,能制蛇御虎。佩赤金刀,以绛缯束发,立兴云雾,坐成山河。及衰老,气力羸惫,饮酒过度,不能复行其术。秦末,有白虎见于东海,黄公乃以赤刀往厌之,术既不行,遂为虎所杀。"

③驺虞:传说的虎形义兽。《诗·国风·召南》有驺虞篇,或解为猎人,或为义兽,或为司兽官。《毛诗故训传》:"驺虞,义兽也。白虎黑文,不食生物。有至信之德则应之。"《山海经·海内北经》:"林乐国有珍兽,大若虎,五采毕具,尾长于身,名曰驺虞。"

④牛哀:《淮南子·俶真训》:"昔公牛哀转病也,七日化为虎。其兄掩户而入觇之,则虎搏而杀之。"

⑤"何用"二句:尺刀:疑为"赤刀"之讹,参见前"东海黄公"

中华聚珍文学丛书—李贺诗今译

注。 雷鸣：鸣不平之意。按，句意谓赤刀既不用而挂于壁上，故愤愤不平而作雷鸣耳。

⑥ "泰山"二句：见题解。

# 平　城　下

　　据注家考订,这个平城是古平城。《元和郡县志》记载:"河
东道之云州,即秦雁门郡地,在汉雁门郡之平城县也。"历来为汉
族政权与边境少数民族争夺的兵家要地。由于反复争战,此地
军人骸骨随在可见。诗中以守边军士的口吻,写出了在军阀战
争中士兵的怨恨。"惟愁裹尸归,不惜倒戈死"的诅咒恶誓,拿来
比较初盛唐时诗人们对边陲生活的浪漫向往,不啻十万八千里。
诗人似乎已经预感到大唐帝国不可挽救的覆亡命运。

　　　饥寒平城下,夜夜守明月。
　　　别剑无玉花,[①]海风断鬓发。[②]
　　　塞长连白空,遥见汉旗红。
　　　青帐吹短笛,烟雾湿画龙。[③]
　　　日晚在城上,依稀望城下。
　　　风吹枯蓬起,城中嘶瘦马。
　　　借问筑城吏,去关几千里。
　　　惟愁裹尸归,[④]不惜倒戈死。[⑤]

## 【今译】

　　　忍着饥饿寒冷,在平城下守卫,明月当空。

从征时带的剑早已锋芒暗淡，

沙漠的风把我头发吹乱。

边境线很长，一直伸向广漠的苍穹。

我们的军旗远远地，飘扬，鲜红一点，

军营的帐篷，青黑一片。短笛，悠悠地吹响。

中军龙旗低垂着，在湿漉漉的雾气中……

夕阳西下，我立在城头望去，暮色昏沉

风卷起枯干的蓬草，盘旋飞舞，

城里，一匹瘦马发出凄厉的嘶鸣。

我问修筑城墙的小吏，从这儿入关有千里

　之遥？

我真害怕变成尸体被送回家，

我宁愿临阵倒戈，为自己拼个你死我活！

## 【注释】

　①"别剑"句：李白《塞下曲》："边月随弓影，胡霜拂剑花。"

　②海风：此指沙漠的风。海，瀚海。

　③画龙：军旗上绘画的龙形图案。杜佑《通典》卷一百四十八载：唐军制，每军"有队旗二百五十口，尚色图禽兽与本陈同。五幅认旗二百五十口，尚色图禽兽与诸队不同，各自为志认。"戎昱《出军》诗："龙绕旌竿兽满旗"。

　④裹尸：《后汉书·马援传》："援曰：'方今匈奴、乌桓尚扰北

边,欲自请击之。男儿要当死于边野,以马革裹尸还葬耳。何能卧床上在儿女子手中邪!'"按,典故本来是表达为国捐躯的雄心壮志,但诗人在这里反其意而用之,以表述士兵厌战的情绪。

⑤ 倒戈:《书·武成》:"前徒倒戈,攻于后以北,血流漂杵。"按,句意谓一旦变生,将效武王伐纣时,纣的士兵哗变,转过枪头对付其统领。又,王琦注解为"战死而戈倒于地",无据,盖误也。

# 江　南　弄

　　这是一种专门歌唱江南风光的古歌曲，据说由南朝梁武帝所作。诗人当是应邀写作，在酒筵上演唱助兴。诗的措语色彩瑰丽，形象奇特，具有典型的李贺审美风格。

　　江中绿雾起凉波，天上叠巘红嵯峨。
　　水风浦云生老竹，①清暝蒲帆如一幅。②
　　鲈鱼千头酒百斛，③酒中倒卧南山绿。
　　吴歈越吟未终曲，④江上团团贴寒玉。

## 【今译】

　　江心，绿的雾霭升腾，水波凉渗渗地。

　　天上，晚霞有如层山叠岭，红艳艳地耸峙着。

　　河岸，清风吹拂，老竹梢头，白云缭绕。

　　静静黄昏里，蒲帆们朦胧地粘成一片。

　　生鲜鲈鱼，有上千条；开坛老酒，有一百斛。

　　人们快乐地吃喝，醉了便倒卧在南山的绿影
　　　之中。

　　他们用柔美的吴越方言歌唱，吟诵，无休

无止。

而夜幕悄悄降临，上面贴着一轮圆圆的、寒光
四射的月亮。

## 【注释】

① 浦：河汉。《风土记》："大水有小口别通曰浦。"

② 蒲帆：用蒲席制成帆。李肇《唐国史补》卷下："舟船之盛，尽于江西，编蒲为帆，大者或数十幅。"

③ 斛：容量单位。一斛十斗，后又改作五斗。按，此形容酒极多。

④ 吴歈(yú 俞)越吟：泛指江南地区的方言。《文选·左思·吴都赋》："荆艳楚舞，吴歈越吟。"刘良注："吴歌也。"

# 瑶 华 乐

本篇借题咏周穆王西征,与西王母在昆仑山瑶池欢会的神话,寄寓对唐朝天子迷信方士,服食炼丹,妄求长生的愚昧行为的嘲讽。杜牧为诗人作序,其中说到贺诗风格"鲸呿鳌掷,牛鬼蛇神,不足为其虚荒诞幻也",这在此诗中有很好的体现。

穆天子,<sup>①</sup>走龙媒。<sup>②</sup>

八骖冬珑逐天回,<sup>③</sup>五精扫地凝云开。<sup>④</sup>

高门左右日月环,四方错缕棱层殷,<sup>⑤</sup>

舞霞垂尾长盘跚。

江澄海净神母颜,<sup>⑥</sup>施红点翠照虞泉,<sup>⑦</sup>

曳云拖玉下昆山。<sup>⑧</sup>

列旆如松,张盖如轮。

金凤殿秋,清明发春。

八銮十乘,<sup>⑨</sup>矗如云屯。

琼钟瑶席甘露文,<sup>⑩</sup>元霜绛雪何足云,<sup>⑪</sup>

薰梅染柳将赠君。

铅华之水洗君骨,<sup>⑫</sup>与君相对作真质。<sup>⑬</sup>

穆天子,驱赶着八匹骏马,

辔头丁冬作响,直到天上。

五丁神知道了,把满天云霞扫个干净,

　　前来迎接。

高大的天门,一左一右,太阳和月亮,

　　此起彼落。

门上四方交错缕刻,棱角鲜明,

　　层次复叠,红黑相间。

云霞跳起舞来,尾巴垂垂,步履蹒跚。

江海之间现出无边的澄净,神母降临了

她脸上描画着红啊绿啊,光辉灿烂,

　　倒映在虞泉中。

她从昆仑山走下时,曳着云裳,拖着玉衣,

　　庄严从容。

两人携手而行,旗帜像青松林,车盖像白

　　云堆。

以秋风殿后,由春天开道。

用四匹天马驾车,总共十部豪车簇拥,

看上去就像高耸的云垛。

筵宴上用的是玉杯,坐的是瑶席,

　甘露普降,五彩生光。

元霜、绛雪之类的仙药,多得不可胜数。

这些能起死回生的宝贝,

　将要持赠予你——穆天子

还要用铅华之水为你清洗凡胎俗骨,

和你一起炼成长生不老的道骨仙风。

## 【注释】

① 穆天子:指周穆王,传说他特别喜爱巡游。王嘉《拾遗记》卷三:"周穆王即位三十二年,巡行天下,驭黄金碧玉之车,旁气乘风,起朝阳之岳,自明及晦,穷寓县之表。有书史十人,记其所行之地。又副以瑶华之轮十乘,随王之后,以载其书也。"又世传《穆天子传》,详记其事。

② 龙媒:骏马别称。汉刘彻《天马歌》:"天马来,龙之媒。"应劭曰:"天马者,神龙之类。今天马已来,此龙必至之效也。"

③ 八辔:指周穆王八匹骏马。分别名为赤骥、盗骊、白义、逾轮、山子、渠黄、骅骝、绿耳。《列子·周穆王》:"周穆王肆意远游,命驾八骏之乘。" 冬珑:指马辔头上玉饰碰击之声。

④ 五精:五方星神。《文选·张衡·东京赋》:"五精帅而来摧。"薛综注:"五精,五方星也。"

⑤ "四方"句:描述天门的形制和文饰。殷,赤黑色。

⑥ 神母:指西王母,传说中的西方女神。《山海经·西山经》:

"西王母其状如人,豹尾虎齿而善啸,蓬发戴胜。是司天之厉及五残。"又《穆天子传》卷三:"吉日甲子,天子宾于西王母。乃执白圭、玄璧,以见西王母,好献锦组百纯,□组三百纯,西王母再拜受之。乙丑,天子觞西王母于瑶池之上。西王母为天子谣,曰:'白云在天,丘陵自出。道里悠远,山川间之。将子无死,尚能复来。'"

⑦ 虞泉:即虞渊。《楚辞·九歌》:"囚灵玄于虞渊。"王逸注:"虞渊,日所入也。"按,唐人避高祖李渊名讳,故改称"泉"。

⑧ 昆山:即昆仑山。《山海经·西山经》:"西南四百里,曰昆仑之丘。是实惟帝之下都,神陆吾司之。其神状虎身而九尾,人面而虎爪。"

⑨ 八銮:王逸注引郑康成笺:鸾在镳,四马则八鸾也。盖以八鸾为马上之八铃。后人用之,或作銮,或作鸾,其事一也。

⑩ 甘露文:江淹《别赋》:"露下地而腾文。"文,光采。

⑪ 元霜绛雪:道教之神仙药。班固《汉武内传》:"其次药有元霜绛雪,子得服之,白日升天。"

⑫ 铅华之水:西王母洗妆的水,以其为神母,故洗脸水亦神仙水。又,王琦注云:"仙家丹法,先用黑铅一味,炼起铅华之水。"
骨:指所谓凡胎俗骨。

⑬ 真质:指得道成仙。

# 北 中 寒

此诗描写北方冬天的严寒,表现出诗人奇特的想象力和生造形象的能力。

一方黑照三方紫,黄河冰合鱼龙死。
三尺木皮断文理,①百石强车上河水。
霜花草上大如钱,挥刀不入迷濛天。
争瀯海水飞凌喧,②山瀑无声玉虹悬。

## 【今译】

北方的黑色,映照着东南西三方的紫色。
黄河冻成了冰,鱼龙水族全都冻死。
就是有三尺厚的树皮,
　也保不住它的文理被冻裂。
载重百石的强车,都可以在河面上自由奔驰。
草上结的霜花像铜钱那么大,
　充塞天空的寒冷,挥动利刀也砍他不开。
动荡不停的海上,

冰山互相撞击,发出巨大的轰响。

而山上的瀑布则停止了喧哗,

像一道白虹,悬在半空。

## 【注释】

① 三尺木皮:《汉书·匈奴传》:"胡貉之地,积阴之处,木皮三寸,冰厚六尺。"按,此言"三尺"是夸张的说法。或以为是三寸,误。

② 争灂:波涛回旋相激。 飞凌:海水凝结成冰凌。

# 公 无 出 门

　　在此诗中,诗人模仿《楚辞·招魂》中的写法,描述一个充满
凶险和危机的神话世界,而以古贤人颜回、鲍焦作自喻。他把自
己不幸的人生归之于天命,希望能够早日得到解脱。全篇情调
悲苦、绝望,通过它使人窥测到李贺的晚年心境。

　　　天迷迷,地密密。

　　　熊虺食人魂,<sup>①</sup>雪霜断人骨。

　　　嗾犬狺狺相索索,<sup>②</sup>舐掌偏宜佩兰客。<sup>③</sup>

　　　帝遣乘轩灾自灭,玉星点剑黄金轭。<sup>④</sup>

　　　我虽跨马不得还,历阳湖波大如山。<sup>⑤</sup>

　　　毒虬相视振金环,<sup>⑥</sup>狻猊猰貐吐馋涎。<sup>⑦</sup>

　　　鲍焦一世披草眠,<sup>⑧</sup>颜回廿九鬓毛斑。<sup>⑨</sup>

　　　颜回非血衰,鲍焦不违天。

　　　天畏遭衔啮,所以致之然。

　　　分明犹惧公不信,公看呵壁书问天。<sup>⑩</sup>

## 【今译】

　　　天罗迷迷蒙蒙,地网严严密密。

熊虺吞食人的魂魄,雪霜折断人的身子骨。

听令的恶狗咆哮着搜索,

　　遇上佩兰君子便咬住不放。

唯有等上帝来消灾解难:

　　使者挂一柄星剑,马挽着黄金车辄。

我虽然有马,却不能到天庭上去。

何况面前还拦着历阳湖,小山也似的波浪。

毒虬怪眼圆睁,金环震耳;

更有狻猊和猣貐窥伺在旁,馋涎欲滴。

鲍焦一辈子以草作被,

　　颜回二十九岁已两鬓斑白。

颜回并非早衰,鲍焦也没犯下弥天大罪。

是上帝怕他们为人正直,会横遭伤害,

　　以致如此。

这就是命,明摆着,如果你还不相信,

就请你仿效屈原,

　　呵壁问天,发泄胸中的冤屈吧!


**【注释】**

① 熊虺((huǐ)悔):传说中的怪兽。《楚辞·招魂》:"雄虺九

首,往来倏忽,吞人以益其心些。"王逸注:"言复有雄虺,一身九头,往来奄忽,常喜吞人魂魄以益其心,贼害之甚也。"按,熊虺当是雄虺异写。

② 嗾:向狗发出攻击的指令。 唁唁:当作"狺狺"。《楚辞·九辩》:"猛犬狺狺而迎吠。"《韵会》:"狺狺,犬吠声。音与'银'同。"

③ 佩兰客:指洁身自好的人。《楚辞·离骚》:"纫秋兰以为佩。"

④ "帝遣"二句:意谓天帝派遣使者来迎接,令佩兰客脱离险境。陶宏景《真诰》卷十四:"赤水山中学道者朱孺子,……乘五色云车登天。"按,二句表面看来是全篇亮点,其实只是诗人对死亡的幻想而已。

⑤ 历阳湖:在今山东省济南市。干宝《搜神记》:"历阳之郡,一夕沦入地中而为水泽。"按,当时李贺游经此地。

⑥ 毒虬:恶龙之属。

⑦ 狻猊:即狮子。《穆天子传》卷一:"狻猊日走五百里。" 猰㺄:传说怪兽。任昉《述异记》卷上:"猰㺄,兽中最大者,龙头,马尾,虎爪,长四百尺,善走,以人为食。"按,此皆泛指食人怪兽。

⑧ 鲍焦:古贤人。《风俗通·愆礼篇》载:鲍焦耕田而食,穿井而饮,非妻所织不衣。饿,于山中食枣,或问之:"此枣,子所种耶?"遂呕吐,立枯而死。

⑨ 颜回:孔子最得意的学生。《史记·仲尼弟子列传》:"(颜)回年二十九,发尽白,早死。孔子哭之恸,曰:'自吾有回,门人益亲。'"

⑩ 问天:王逸《天问序》:"屈原放逐,忧心愁悴,彷徨山泽,经历陵陆,嗟号昊旻,仰天叹息……因书其壁,呵而问之,以渫愤懑,舒泻愁思。"

# 月漉漉篇

　　江南小调，常见以采莲为题材的，出名的佳作也多。李贺在此别出心裁，运用六朝宫体的艳丽色彩，加上新颖的形象塑造，把原来以"清水出芙蓉"取胜的民歌风，一变而成为织锦铺绣的雕饰宫体美，由此给予读者耳目一新的观感。

　　　月漉漉，波烟玉。

　　　莎青桂花繁，①芙蓉别江木。②

　　　粉态袷罗寒，③雁羽铺烟湿。④

　　　谁能看石帆，乘船镜中入。⑤

　　　秋白鲜红死，水香莲子齐。

　　　挽菱隔歌袖，⑥绿刺胃银泥。⑦

## 【今译】

　　　湿漉漉的月亮，

　　　　　像一片玉璧，从烟霭弥漫的水波中升起。

　　　莎草依旧绿茸茸地，桂花飘香，

　　　　　一阵江风，木芙蓉纷纷飘落。

　　　涂脂抹粉的姑娘们，穿起袷罗衫，有些许

寒冷。

河汉蒲草丛中,避寒的大雁也已经飞来做窝。

有谁还会为观赏石帆,乘船来到如镜的湖上?

满眼白白的芦花,娇红的荷花已不见踪影,

只有莲蓬里,莲子饱满地簇拥,香气四溢。

采莲女,她们一边唱歌,一边挽起了袖子——

而菱花的绿刺,悄悄挂上那银泥的衣裙。

## 【注释】

① 莎:莎草,一名地毛,即香附子,水边常见。按,秋天莎草仍青,自是江南特色。

② 芙蓉:此指木芙蓉,锦葵科植物,夏秋季开花,多为红白色。王维《辛夷坞》诗:"木末芙蓉花,山中发红萼。"按,或注为荷花者,误。

③ 袷:夹衣之无棉絮者。

④ 铺烟:犹浦烟。铺当是浦之讹。

⑤ "谁能"二句:石帆:郦道元《水经注》卷四十:"石帆山东北有孤石,高二十余丈,广八尺,望之如帆,因以为名。北临大湖,水深不测。"《嘉泰会稽志》卷九三:"石帆山,在县东一十五里。"宋之问《游禹穴回出若耶》诗:"石帆摇海上,天湖落镜中。"

⑥ 菱:一年生浮水水生草本植物。果实俗称菱角。亦是采莲女采集的目标之一。

⑦ 绿刺:泛指水生植物之有刺者,如菱果实即有刺角。 银泥:一种布料装饰。以银粉调制成颜料,绘在衣物上。此借指银泥装饰的衣服。

# 龙 夜 吟

马融《长笛赋》曰："近世双笛从羌起，羌人伐竹未及已。龙鸣水中不见己，截竹吹之声相似。"此篇咏夜中闻吹笛，故名。诗的主题是写闺情，即由笛声惹起女子的情怀。诗中分别描写了思念家乡的"月下美人"和思念远戍边疆的丈夫的"玉堂美人"，前者大约是从四川"蜀"和湖南"湘"被选入宫的女孩，后者则是嫁入豪门的女子。这样的题材处理，比较特别，应该是为了衬托"龙夜吟"即咏笛的。

鬈发胡儿眼睛绿，高楼静夜吹横竹。
一声似向天上来，月下美人望乡哭。
直排七点星藏指，①暗合清风调宫徵。②
蜀道秋深云满林，湘江半夜龙惊起。
玉堂美人边塞情，碧窗皓月愁中听。
寒砧能捣百尺练，粉泪凝珠滴红线。
胡儿莫作陇头吟，③隔窗暗结愁人心。

## 【今译】

头发鬈曲、绿色眼睛的胡儿，

中华聚珍文学丛书—李贺诗今译

他在高楼上吹起横笛——夜色宁静，

笛声在天空缭绕，盘旋。

月光下，惹哭了思乡的姑娘。

七个笛孔在指头间乍开乍掩，像星星忽闪。

美妙的音符，暗合着旋律，在清风里摇飏。

它钻进蜀道，幽深的云雾、诡秘的树林，

它把潜伏的蛟龙惊起，在湘江上翩翩起舞。

玉堂碧窗的少妇，怀念边塞的丈夫，

　　笛声牵动她满腔愁绪。

她在砧上捣练，做征衣，

　　悠长的思念，正如百尺白练。

而她的眼泪，像凝结的珍珠、殷红的丝线……

胡儿啊，请不要再吹那首《陇头吟》，

隔着窗儿，姑娘们已经哭成泪人！

## 【注释】

① 七点星："星"原指衡器上记数的点，此比喻笛孔。《说文解字》："笛，七孔，竹筩也。"

② 宫徵：乐曲的泛称。陆厥《与沈约书》："前英已早识宫徵，但未屈曲指的，若今论所申。"

③ 陇头吟：一名《陇头水》，汉代乐府曲辞，以歌唱西北边塞风物情怀为内容。陇头，约在今陕西陇县至甘肃清水县一带。

# 昆仑使者

这是讽刺汉武帝求仙终于无效之作。诗人写此类题材不少，当与唐皇帝迷信道士，炼汞烧丹，不恤国事，罔顾民生有关。史载诗人所处时代的唐宪宗（806—820）即是一位信仙好佛、想求长生不老的皇帝。

昆仑使者无消息，①茂陵烟树生愁色。②
金盘玉露自淋漓，元气茫茫收不得。③
麒麟背上石文裂，虬龙鳞下红肢折。
何处偏伤万国心，④中天夜久高明月。

## 【今译】

派遣去探宝的昆仑使者，一直没有消息。
汉武帝的陵墓，显出一副闷闷不乐的样子。
金人捧露盘夜夜承满清露，
天地之间元气饱满，谁又能把它收藏？
墓前的麒麟，脊背上的石纹已出现裂痕。
盘柱的虬龙，一条红色脚爪也折断，残缺了。
是什么，让皇帝的生死令天下人跟着伤心？

中华聚珍文学丛书 | 李贺诗今译

苍天无语，夜已过半，月亮高悬俯瞰着人世。

## 【注释】

① 昆仑使者：谓张骞。《汉书·张骞传》："汉使穷河源，其山多玉石，采来。天子案古图书，名河所出曰'昆仑'云。"

② 茂陵：汉武帝刘彻的墓。在今陕西省咸阳兴平市。

③ "金盘"二句：参见《古悠悠行》注。

④ "何处"句：意谓汉武帝为求仙耗费巨大的人力物力，使老百姓受苦受罪，不得安生。